Für mich

Karlheinz Huber

13 Horror Geschichten

Horror / Grusel

Impressum

Bibliografische Information der Deutschen Nationalbibliothek:
Die Deutsche Nationalbibliothek verzeichnet diese Publikation in der Deutschen Nationalbibliografie; detaillierte bibliografische Daten sind im Internet über http://dnb.dnb.de abrufbar.
© 2020 Karlheinz Huber
Coverbild von Waldkunst Internet-Plattform Pixabay

Herstellung und Verlag: BoD – Books on Demand, Norderstedt
ISBN: 978-3-7526-2516-5

VORWORT

Auf meinem Autorenweg wollte ich auch mit dem Genre „Horror" experimentieren.

Und nun halten Sie das Ausprobieren in Ihren Händen.

Ich hoffe, es gefällt!

Und bevor Sie sich Sorgen machen: Ich muss nicht bei Licht schlafen, wie ein gewisser Stephen King. Obwohl ich zugeben muss, dass die eine oder andere Gänsehaut beim Schreiben über meinen Rücken lief.

So noch ein wichtiger Satz bevor es losgehen kann:

Die Handlung und alle handelnden Personen sind frei erfunden. Jegliche Ähnlichkeit mit lebenden oder realen Personen wäre rein zufällig.

Doch nun viel Spaß beim Gruseln.

BESUCH

„Mädels, wir werden heute Besuch bekommen.

Von wem?

Keine Ahnung.

Warum?

Hört doch auf, euch jetzt schon zu streiten. Es wird schon ein anständiger und ehrbarer Mann sein.

Hab gehört, er soll uns irgendwie helfen!

Bei was denn? Ich brauch keine Hilfe!

Ja, genau – du brauchst keine Hilfe!

Was soll das heißen? Wirfst du mir etwa vor, ich würde Hilfe benötigen - oder was?

Ruhig Mädels! Mal sehen, was er von uns will.

Vielleicht braucht er ja unsere Hilfe.

Deine Hilfe braucht doch sowieso keiner.

Wenn sich jeder an Recht und Ordnung halten würde, benötigte keiner Hilfe.

Moralapostel!

Ja, genau - und dazu stehe ich auch und werde weiterhin alle Regeln beachten. So wie es bei meinen Eltern früher war und bei deren Eltern.

Und so weiter bla, bla, bla.

Hey, woher willst du wissen, dass es ein Mann ist?

Ich vermute es.

Und ich hoffe es.

Warum?

Bis du blöd, diese Frage zu stellen? Immer noch so naiv.

Weil ich geil bin und gerne mal wieder einen Pimmel zwischen meinen Beinen hätte.

Bestimmt juckt es dort unten schon gewaltig.

Klar, schau mal: meine Nippel stehen schon auf halb acht.

Ihr seid pervers, einfach nur triebgesteuert.

Ich kann doch nichts dafür, dass du so prüde bist.

Ich bin nicht prüde!

Nein, eher total verklemmt.

Wo ist nur eure Moral geblieben, euer Anstand? Eure Erziehung hat versagt. Das musste mal gesagt werden.

Hör auf so zu reden, sonst werde ich entweder kotzen oder noch geiler, als ich jetzt schon bin.

Hast du nichts anderes in deinem Schädel?

Und schon wieder so eine unvorsichtige Frage!

Oh doch, ich habe noch andere Dinge im Kopf. Willst du sie hören?

Nein, besser nicht.

Ich sag's dir aber trotzdem: Ich könnte ihn nackt ausziehen, ein Messer nehmen und einen tiefen Schlitz von der linken Schulter zu seiner linken Hüfte schneiden.

Hör auf, mir wird schlecht!

Mach weiter, ich will sie kotzen sehen!

Dann den nächsten sauberen Schnitt von der rechten Schulter bis zur rechten Hüfte. Danach einen letzten feinen sauberen Schnitt von Schulter zu Schulter. Und jetzt kommt's: Denn danach würde ich ihm die Haut mit einem Ruck abziehen, mit meinen blutigen Fingernägeln anschließend sein Herz herausreißen - und wenn es noch schlägt, genüsslich verspeisen!

Du brauchst unbedingt Hilfe!

Vielleicht kommt er ja wegen dir zu uns.

Nie im Leben! Eher wegen deinen tausend Neurosen und dem „früher war alles besser".

Ganz unrecht hat sie ja nicht mit dem „früher".

Ihr seid doch beide dämlich. Ihr vergesst zu leben und euren Trieben freien Lauf zu lassen.

Das kannst du von uns am allerbesten!

Oh ja, das kann sie wirklich!

Dann hört mal zu, was ich nachher mit dem Kerl anfangen werde, als Alternative zu meinem vorhergehenden Vorschlag sozusagen.

Und wenn ihr mir mithelft, könnt ihr eure abstoßend langweilige Art problemlos überwinden und euch dabei zusätzlich von euren Ängsten befreien - als Bonus sozusagen.

Ich höre!

Ich nicht!

Also: Wenn er reinkommt, werfen wir ihn gemeinsam auf den Boden. Ihr haltet ihn fest, während ich seinen Pimmel zum Stehen bringe. Dann drückt ihr ihm die Kehle zu und ich beginne, seinen Schwanz zu bearbeiten. Wir schauen dann, was zuerst passiert: tot oder Ejakulation.

Unglaublich, deine Gedanken!

Ich tippe auf beides gleichzeitig.

Ich würde mit meinen Schuldgefühlen nie mehr wieder schlafen können!

Ach was, das geht vorbei, ich spreche aus Erfahrung.

Hoffentlich hört uns keiner zu!

Warum? Hast du Angst? Ach ja, ich vergaß: Du bist ja unsere Oberhosenscheißerin.

Ich versuche wenigstens nach den Traditionen und nach meiner Erziehung zu leben, wozu ihr beide nicht in der Lage seid.

Hast du vergessen, dass dein Vater dich geschlagen hat?

Das stimmt nicht!

Stimmt doch! Und uns hast du immer etwas von Vorbereitung gesagt.

Ja, genau! Die Vorbereitung auf das harte Leben, das vor dir liegt, waren deine Worte, und dass es gut für dich ist.

Apropos hart! Ich werde schon wieder spitz wie Nachbars Lumpi.

Dann schaut euch doch mal in der Außenwelt um. Vielleicht könnt ihr dann verstehen, warum Regeln so wichtig sind!

Das war die Ausrede deiner Mutter. Stimmt's?

Die Schlampe hat Gras geraucht, während sie mit dir schwanger war.

Und ständig gevögelt hat sie auch, bis kurz vor deiner Geburt. Ihre Fruchtblase ist von einem Pimmel zum Platzen gebracht worden.

Hört auf, ich will das nicht hören!

Ja, klar! Die Wahrheit willst du nicht hören! Dann lieber alles ins Unterbewusstsein verdrängen. Darin bist du ja unsere Topspezialistin!

Komm, lass sie in Ruhe! Es reicht! Sonst dreht sie uns noch durch, bevor der Besuch kommt.

Ach ja, wann kommt das Arschgesicht denn endlich? Meine Muschi wird schon wieder trocken.

Nicht schon wieder!

Vielleicht bringt er uns ja etwas zu essen mit.

Das wäre nicht schlecht. Mir liegt die letzte Mahlzeit eh schwer im Magen. Ich werde mal kurz scheißen gehen.

Sei nicht so vulgär!

Du bleibst besser hier, sonst verpasst du ihn noch.

Ok, dann lass ich aus meinem Arschloch einen anständigen knallen, und wenn er reinkommt, fällt er in Ohnmacht, dann müssen wir ihn nicht mal überwältigen.

Geht das schon wieder los!

Du weißt doch, wie sie ist: Für sie gibt es nur Sex oder den Tod.

Stimmt! – Oh, hört ihr? Ich glaube, es kommt jemand.

Seht doch, die Tür geht auf!

Geil, ein Kerl! Und er sieht auch noch ganz ansprechend aus.

Ficken! Sofort!

Zu alt für dich.

Egal, ich erledige das! Er muss fast nix machen.

Still jetzt alle! Lasst uns zuerst hören, was er von uns will."

„Hallo Rose! Ich habe Ihnen etwas mitgebracht."

„Rose? Wer soll das denn bitteschön sein?

Irgend so eine Schlampe vielleicht.

Kennt die jemand von euch?

Nie von der Hure gehört.

Und was sollen wir mit einem Buch?

Oh, er geht schon wieder! – Warum?

So ein Mist! Ich habe noch nicht mal sehen können, wie groß sein Pimmel ist. Naja, jetzt sehe ich wenigstens seinen geilen Arsch.

Ich halte den Kerl jetzt auf. Ich will wissen, was das soll!

Wartet mal! Schaut euch den Titel des Buches an:

Das „Es", das „Ich" und das „Über-Ich"
Das Drei-Instanzen-Modell der Psychoanalyse
Von Sigmund Freud.

Denkt das Arschloch wir sind verrückt, oder was?"

„Schwester Hilde, bitte passen Sie auf, dass Rose in der Gummizelle keine Dummheiten mit dem Buch anstellt."

„Mach ich, Herr Doktor. Glauben Sie, es bringt etwas?"

„Bei Rose kann es nur besser werden, Schwester Hilde. Wer ist der nächste Patient auf der Liste?"

„Nikola Tesla, Herr Doktor."

„Ist das der, der eine Taube heiraten möchte?"

„Genau, Herr Doktor."

„Dann wollen wir mal! Nach Ihnen, Schwester Hilde."

ENDE

RITA

Mit einem gellenden Schrei auf den Lippen wachte Rita schweißgebadet in ihrem Bett auf. Das letzte Bild ihres Traumes noch vor Augen, lief ihr eine Gänsehaut nach der anderen über den Rücken. Sie schüttelte sich und kam nur langsam in die Wirklichkeit zurück. Sie zwang sich, sich auf ihre Atmung zu konzentrieren, was die Panikattacke verlangsamte. Erst jetzt bemerkte sie ihren rasenden Herzschlag. Mit der langsameren Atmung beruhigte sich auch ihr Puls. Es dauerte eine Zeitlang, bis sich alle lebenswichtigen Funktionen wieder beruhigten. Nach etwa zehn Minuten traute sie sich, ihren Kopf etwas nach links zu bewegen, um auf ihren Wecker zu schauen.

„9:13 Uhr - Sonntag, 03.11.1974", las sie laut vor. Ihre Stimme zu hören, beruhigte sie zusätzlich.

Dann fiel ihr ein, dass sie morgen 16 Jahre alt werden würde. Dieser Gedanke verdrängte den bösen Traum immer weiter in ihr Unterbewusstsein. Sie stand mit immer noch zittrigen Beinen auf und schleppte sich ins Badezimmer. Nach der Dusche ging es ihr endlich besser, und sie versuchte, ihren Tag zu planen. Dann fiel ihr ein, dass Sonntag war und mittlerweile 10 Uhr. Ihr Magen begann so laut zu knurren, dass es jeder im Haus hören musste.

Gut gelaunt lief sie am Zimmer ihrer Geschwister vorbei. Die Zimmer ihres Bruders und ihrer Schwester waren ungewöhnlicherweise leer. Als sie durch die offene Tür das Chaos im Zimmer ihrer Schwester erblickte, musste sie schmunzeln, dachte an ihr Zimmer, schüttelte den Kopf und lief die Treppe nach unten. ‚Komisch,' dachte sie, als sie kein Mitglied ihrer Familie im Erdgeschoß antraf. ‚Alle ausgeflogen. Gut, dass keiner da ist, dann hat auch keiner meinen Schrei gehört,' dachte sie und schaltete die Kaffeemaschine ein, während sie sich ein Nutella-Brot schmierte.

Genüsslich biss sie in ihr Brot und begann zu kauen. ‚Komisch,' dachte sie. ‚Schmeckt irgendwie schal heute.' Der Hunger verdrängte den Gedanken. Sie aß ihr Bot auf und trank ihren schwarzen Kaffee. Ohne die schädliche Milch und den lebensgefährlichen Zucker darin. ‚Meine Familie wird das nie verstehen,' dachte sie. Dann schweiften ihre Gedanken ab. Sie überlegte, was sie nun anstellen sollte. Die Sonne schien durch das Fenster und auf die Kommode. Ihr Blick blieb an den Bildern hängen, die auf der Kommode standen. Sie runzelte die Stirn, als sie registrierte, dass dort nur Bilder von ihr standen.

‚Wann hat Mama das denn gemacht?', dachte sie.

Dann fiel ihr der Geburtstag ein, der morgen bevorstand.

Damit waren die Bildersache und die Abwesenheit ihrer Familienmitglieder für sie geklärt und erledigt.

Sie schnappte sich ihren Schlüssel und trat aus dem Haus. Als sie die Eingangstür abgeschlossen hatte, nahm sie einen tiefen Atemzug und wunderte sich über den süßen Blumengeruch, der in der Luft lag. Frohgelaunt stand sie auf dem Gehsteig und überlegte, wohin sie nun gehen sollte.

Sie entschied sich für links und steuerte auf den Spielplatz zu, der etwa einen Kilometer vom Haus entfernt lag.

‚Dort werden die Mädels schon und auf mich warten,‘ dachte sie. Also lief sie mit einem Pfeifen auf den Lippen los. Ihr fiel auf, dass die Straßen fast leer waren. Doch dann dachte sie wieder: ‚Es ist Sonntag. Bestimmt sind alle in der Kirche oder beim Kochen.‘ Am Spielplatz angekommen, lief sie direkt auf den Holzwigwam zu, ihrem Treffpunkt - und war enttäuscht! Keine ihrer Freundinnen war anwesend. Sie setzte sich auf die Holzkonstruktion, ließ ihre Beine baumeln und schaute dem einzigen Kind auf dem riesigen Spielplatz beim Schaukeln zu.

Ihr fiel auf, dass das Kind keine Freude beim Schaukeln hatte, denn es blickte nur stumpf geradeaus und schien sie absichtlich zu ignorieren. In Gedanken vertieft, hob Rita plötzlich ihren Kopf und grinste, als ihr einfiel, was sie als nächstes tun könnte.

Sie stand auf, lief in Richtung Bürgersteig und sah nicht, dass das Mädchen auf der Schaukel ihr böse nachschaute. Auf einmal blieb Rita stehen, ihre Nackenhaare stellten sich auf. Sie drehte sich blitzschnell um, doch das Mädchen war verschwunden. Nur die Schaukel wippte noch hin und her, und ihre Augen konnten sich dem Pendeln des Spielgerätes nicht entziehen. Als die Schaukel endlich stillstand, schüttelte sie sich kurz und setzte ihren Weg fort.

Ihr fiel auf, dass die wenigen Menschen, die unterwegs waren, sie offensichtlich komplett ignorierten. Wieder lief ihr ein Schauer über den Rücken. Dieses Mal dauerte es länger, ihn abzuschütteln. Mit einem unguten Gefühl lief sie etwas schneller, weiter ihrem neuen Ziel entgegen. Sie wollte zum Fußballplatz. In der Hoffnung, ihre Freundinnen dort zu finden. Wenn die Jungs am Kicken waren, schauten sie immer zu und feuerten sie an. Insgeheim hoffte sie natürlich auch, dass ihr Schwarm heute spielen würde. Der Gedanke ließ ihr Herz etwas höher schlagen.

Als sie sich dem Fußballplatz näherte, ließ sie enttäuscht ihre Schultern hängen, denn nur eine Person befand sich auf dem Platz. Langsam lief sie auf eine Sitzgruppe zu, ihrem Stammplatz sozusagen. Dabei schaute sie zu dem Jungen, der sich auf der anderen Seite des Platzes befand und mit seinem Ball spielte.

Sie wurde misstrauisch, als sie erkannte, dass nicht nur die Kleidung des Jungen ziemlich zerlumpt aussah. Sondern, dass sich auf seiner Stirn getrocknetes Blut befand. Zuerst wich sie zurück, dann gab sie sich einen Ruck und lief skeptisch auf ihn zu. Als der Junge sie bemerkte, starrte er sie zuerst ungläubig an, dann lief er einfach in die entgegengesetzte Richtung davon, ohne seinen luftleeren Ball. Rita blieb enttäuscht stehen. Gerne hätte sie ihn gefragt, was denn los sei und warum er Blut auf seiner Stirn hatte. Sie seufzte und drehte sich wieder um. Doch als sie ihren Stammplatz erblickte, kam die Gänsehaut jäh zurück! Irgendetwas stand auf ihrem Platz. Sie überlegte lange, ob sie nachschauen sollte oder nicht.

Dann wurde die Neugierde größer als ihre Angst, und sie ging mit kleinen Schritten langsam auf ihre „Fansitzreihe" zu, wie sie sie nannten.

Fassungslos blieb sie wenige Meter vorher stehen und öffnete ungläubig ihren Mund, ohne jedoch einen Laut von sich zu geben.

Eine Blumenvase mit einer schwarzen Rose stand auf ihrem Platz. Sie konnte ihren eingeritzten Namen in der Kunststoffschale über der Rose genau erkennen. Nicht zum ersten Mal für heute schüttelte sie fassungslos den Kopf. Sie mochte solche Scherze definitiv nicht und überlegte, wer ihr diesen Streich spielen könnte.

Ihr fiel niemand ein, den sie irgendwie verärgert haben könnte. Tief in ihre Gedanken versunken, verließ sie die Sportstätte ohne neues Ziel.

‚Was ist heute nur los?', dachte sie, und eine Träne lief über ihre leicht gerötete Wange. Auf einmal bemerkte sie, dass die Straße sich mit immer mehr Menschen füllte. Sie blieb stehen und schaute sich hilflos um, bis sie unsanft von hinten angerempelt wurde. Ohne Entschuldigung lief der Mann mit hängendem Kopf einfach weiter an ihr vorbei. Immer öfter wurde sie angestoßen - und beinahe wäre sie sogar hingefallen! Panisch verließ sie die Straße und rannte rechts in eine parkähnliche Anlage. Irgendwann blieb sie völlig außer Atem stehen und sah sich um.

‚Gut! Keine Menschenseele zu sehen,' dachte sie. Erleichtert verlangsamte sich ihre Atmung, bis sie erkannte, wo sie sich eigentlich befand. Panik erfasste sie! Ihr ganzer Körper begann zuerst zu zittern, dann wollte er sich schnell wieder in Bewegung setzen - doch irgendetwas hielt sie auf! Gegen ihren Willen senkte sie den Kopf, blickte dabei nach unten und erkannte, dass sie vor einem frisch angelegten Grab stand. Der Erdhügel war übersät mit Blumen und Kränzen in allen Farben und Größen. Es roch nach süßen Blumen und frischer Erde.

Widerwillig zwang sie ihren Blick zu dem ebenfalls mit Blumen geschmückten Holzkreuz:

„Rita, geboren am 04.11.1958,

tragisch von uns gegangen am 02.11.1974",

las sie laut vor.

Es dauerte unendlich lange, bis ihr Verstand endlich begriff, dass es sich bei dem Erdhügel um ihr eigenes Grab handelte! Ihre Gedanken drehten sich wie ein Tornado im Kreis, und ihr Kopf drohte zu explodieren, bis sie sah, dass das Holzkreuz sich bewegte! Unfähig, wegzulaufen oder zu schreien, starrte sie fassungslos auf den Erdhügel.

Wie in Zeitlupe kullerten zuerst größere Erdklumpen zu Boden, dann rutschten die ersten Kränze zur Seite und das Kreuz mit ihrem Namen fiel um. Ein Finger stieß aus der Erde, dann noch einer und noch einer, bis eine Hand zu sehen war. Immer noch stand Rita gebannt vor dem Grab und verfolgte, wie eine zweite Hand sich nach oben reckte. Wenig später streckten sich zwei mit Erdklumpen verdreckte Hände bis zum Ellenbogen in die Luft. Und Rita setzte sich unfassbarerweise langsam in Bewegung - auf die Hände zu! Alles in ihr sträubte sich dagegen, doch sie konnte nichts dagegen unternehmen.

Mit Entsetzen erfasste sie, dass sich die eiskalten Hände unnachgiebig um ihre Knöchel schlossen und langsam, aber mit unglaublicher Kraft, zu ziehen begannen.

Unaufhaltsam wurde sie in den Erdhügel gezogen, Zentimeter für Zentimeter. Als ihre Knie im Erdhügel versanken, löste sich Ritas Starre.

Mit einem gellenden Schrei auf den Lippen wachte Rita schweißgebadet in ihrem Bett auf. Das letzte Bild ihres Traumes noch vor Augen, lief ihr eine Gänsehaut nach der anderen über den Rücken.

Sie schüttelte sich und kam nur langsam in die Wirklichkeit zurück. Sie zwang sich, sich auf ihre Atmung zu konzentrieren, was die Panikattacke verlangsamte. Erst jetzt bemerkte sie ihren rasenden Herzschlag. Mit der langsameren Atmung beruhigte sich auch ihr Puls. Es dauerte eine Zeitlang, bis sich alle lebenswichtigen Funktionen wieder beruhigten. Nach etwa zehn Minuten traute sie sich, ihren Kopf etwas nach links zu bewegen, um auf ihren Wecker zu schauen.

„9:13 Uhr - Sonntag, 03.11.1974" ....

ENDE

LOVECHAT

Pablo saß wie jeden Abend vor dem Fernseher - allein. Als Mittvierziger sah er zwar ansehnlich aus, was er seinem kolumbianischen Vater zu verdanken hatte. Trotzdem hatte seine Frau ihn vor vier Jahren verlassen. Er wäre zu langweilig, hatte sie gesagt, die Koffer gepackt - und weg war sie! Als Finanzbeamter verdiente er nicht schlecht, musste aber nach der Scheidung umziehen. Sie hatte ihm alles genommen, nur seine Ehre durfte er behalten. Er verdrängte den unangenehmen Gedanken und widmete sich wieder den Nachrichten.

Vor einer Kneipe um die Ecke seiner Wohnung gab es eine Massenschlägerei. Pablo dachte: ‚Diese Idioten! In L.A.-Watts sollte man nachts nicht auf die Straße gehen, das weiß doch jedes Kind.' Er schüttelte den Kopf und folgte weiter der Nachrichtensprecherin.

Ein Drogenbaron aus Guatemala sollte drei Menschen erschossen haben. Der Bericht zeigte einen Südamerikaner im feinen Zwirn, der von einem Dutzend Polizisten abgeführt wurde. „Arschloch, hoffentlich hängen sie dich," rief er, und steckte sich das letzte Stück Mikrowellenpizza zwischen die Zähne.

Interessiert verfolgte er den Wetterbericht und freute sich, dass ab morgen wieder die Sonne scheinen würde. Sein Wochenende-Joggingprogramm hatte sich schon bezahlt gemacht. Er war fit und schlank! Er dachte daran, ein neues Foto von sich zu machen, um es in die sozialen Netzwerke zu stellen. ‚Am Besten in Joggingklamotten, leicht verschwitzt - darauf stehen die Frauen,' dachte er und trank einen Schluck Diät-Cola. Die folgende Gameshow schaute er sich nur wegen der Moderatorin an: Ein heißer Feger, von dem er im Internet schon Nacktfotos gefunden hatte. Bei dem Gedanken musste er breit grinsen.

Plötzlich machte es „Bim"! Pablo starrte irritiert auf die Pizza, die er vor einer Stunde aus der Mikrowelle geholt hatte, und überlegte, woher das Geräusch kommen könnte. Dann fiel es ihm schlagartig ein und er hechtete zu seinem Laptop. Mit zittrigen Fingern gab er das Kennwort ein und starrte auf den blinkenden Posteingang. Ungläubig öffnete er die Mail und las: „Hallo Gachupín, dein Profil gefällt mir. Wir haben vieles gemeinsam. Ich wäre an einem Treffen mit dir sehr interessiert.   LG Valeria39.
Lovechat ist mit Ihrem Einverständnis autorisiert, die Mailadressen auszutauschen."

Pablo vergaß die Fotos, die er in diverse Partnerbörsen hochladen wollte, und drückte aufgeregt den Button „JA".

Er kopierte die Adresse und schrieb eine Mail an Valeria39.

Es dauerte genau 60 Sekunden, bis die Antwortmail bei ihm ankam. Er hatte die Luft angehalten und mitgezählt, weil er immer noch dachte, es könnte sich um einen Fake handeln.

„Hallo, Pablo! Schöner Name! Gefällt mir, genau wie deine Nachricht. Ich bin dieses Wochenende in L.A. und wir könnten uns im Restaurant „Albright" am Santa Monica Pier treffen. Sagen wir Samstag um 19 Uhr?"

Pablo war so überrascht, dass er nur: „Geht klar, freue mich", antwortete.

„Wer hätte das gedacht?" sagte er, als er den vorhin übersehenen Anhang öffnete. Das Bild einer hübschen Frau mittleren Alters lächelte ihn freundlich an. Pablo konnte sein Glück noch gar nicht fassen. Normalerweise trank er unter der Woche keinen Alkohol. Doch dieses freudige Ereignis musste gebührend gefeiert werden. Er schlappte zum Kühlschrank und öffnete einen Piccolo-Sekt, den er für alle Fälle immer parat hatte.

Die Kohlensäure kitzelte an seinem Gaumen. Pablo ließ es sich schmecken. Dann fiel ihm ein, dass es sich um ein stark frequentiertes Restaurant handelte. Also reservierte er telefonisch einen Tisch für zwei Personen.

Als das erledigt war, trank er den letzten Schluck und ging zu Bett. Über den Bildschirm flimmerten schon wieder Nachrichten. Doch für heute hatte Pablo genug.

Die folgenden zwei Tage vergingen im Flug. Pablo stand im besten Zwirn, mit einem kleinen Strauß Rosen, vor dem Eingang des Restaurants. Natürlich war er eine halbe Stunde zu früh. Doch auch diese Zeit verging schneller als gedacht, und er nahm am Tisch Platz. Als zehn Minuten um waren, ließ seine Stimmung nach, und er dachte wieder an einen Fake. Nach fünfzehn Minuten wollte er gerade aufstehen, als ihn jemand von hinten mit seinem Chatnamen ansprach. Er drehte sich um und schaute in ein strahlendes Gesicht. ‚Besser als auf dem Foto,‘ dachte er und forderte Valeria auf, sich zu ihm zu setzen. Sein Herz schlug Purzelbäume! Er war wie berauscht. Sie speisten, lachten und unterhielten sich prächtig. Nachdem er gezahlt hatte, gingen sie gemeinsam am Strand spazieren.

Wie selbstverständlich legte Valeria ihren Arm auf seine Schulter und er um ihre Hüfte. Nach einem Drink in einer Bar küssten sie sich. Wenig später saßen sie in einem Taxi und fuhren in Valerias Hotel.

Es war die wildeste und aufregendste Nacht seines Lebens.

Der Sex war unvorstellbar, und er konnte sein Glück kaum fassen. Valeria kam mit zwei Wassergläsern in der Hand aus dem Badezimmer zurück.

Sie sah ihn schelmisch an und flüsterte: „Mein Tiger braucht etwas Wasser, um wieder zu Kräften zu kommen." Dabei reichte sie ihm das Glas. Er trank es in einem Zug leer, stellte das Glas auf den Nachttisch und wollte sich zu ihr umdrehen. ‚Was ist das?', dachte er, als er mitten in der Bewegung in sich zusammensackte. Seine Augenlider fielen zu und er konnte sich nicht mehr bewegen. Er war wach, jedoch nicht in der Lage, irgendeinen Muskel in seinem Körper zu bewegen. Selbst die Augenlider konnte er nicht offenhalten. Dann hörte er Stimmen, fremde Stimmen, in einer ihm fremden Sprache. Er spürte die Finger nicht, die ihn betatschten.

‚Habe ich einen Herzinfarkt?', dachte er. Plötzlich wurde er zur Seite gedreht. Dann wurde sein Penis hochgezogen, und eine Männerstimme sagte etwas, was die anderen zum Lachen brachte.

Auf einmal wurde sein rechter Arm heiß und brannte wie Feuer. ‚Spanisch, sie sprechen spanisch!', war das Letzte, was er in dem Hotelzimmer dachte.

Pablo kam mit starken Kopfschmerzen langsam zu sich. Er starrte zur Decke und erblickte einen Ventilator, der sich mühsam drehte.

In einer Ecke saßen mehrere Fliegen auf einem Haufen, und an der Wand kletterte eine Kakerlake zur Decke. Er schwitzte, es war heiß für L.A., viel zu heiß. Mühevoll hob er seinen Kopf. Als er seine Hände benutzen wollte, um sich aufzustützen, bemerkte er die Handschellen, mit denen er an den Rahmen des Bettes gefesselt war. Jetzt erst spürte er das kalte Metall auch an seinen Füßen, und er bemerkte, dass er nackt war.

„Wo bin ich?", flüsterte er.

Unerwarteterweise antwortete ihm die Stimme von Valeria: „Das darf ich dir nicht sagen."

Pablo sammelte all seine Kraft und drehte den Kopf in Richtung der Stimme. Valeria saß auf einem Stuhl neben seinem Bett, nur mit einem Bikini bekleidet, und rauchte eine Zigarette.

„Ist das so ein Sex-Spiel von dir?", fragte er.

Valeria antwortete nur mit dem Wort: „nein."

„Was dann? Willst du mich entführen und Lösegeld erpressen?"

Valeria schüttelte den Kopf, und ihre roten langen Haare schwangen in der Bewegung. Pablo wurde, ob er wollte oder nicht, an die Nacht der Nächte erinnert. Mühsam schluckte er den Kloß in seinem Hals hinunter und flüsterte: „Was dann?"

„Wie gesagt, darf ich dir nicht sagen", antwortete sie und betätigte einen Schalter. Das Kopfteil seines Bettes hob sich, bis er aufrecht im Bett saß. Der Blick aus dem Fenster brachte keine neuen Erkenntnisse. Außer, dass er sich auf dem Land befand und nicht in einer Stadt. Nur Vogelgezwitscher war zu hören und wurde von Valerias Stimme unterbrochen: „Was möchtest du denn gerne essen, Pablo?", fragte sie ihn.

Er antwortete automatisch in sarkastischem Ton: „Für die Henkersmahlzeit ein Steak mit Pommes, bitte."

Ohne zu antworten stand Valeria auf und lief zur Küchenzeile, die sich ebenfalls in dem Raum befand. Nach 45 Minuten begann sie ihn zu füttern, doch Pablo wehrte sich. Valeria stand auf - und ehe sich Pablo versah, fuhr ihre Hand aus und klatschte auf seine rechte Wange. Verstört blickte er zu ihr auf und sah, wie sie zum nächsten Schlag ausholte. Diesen Schlag steckte er auch noch weg, dann sah er, wie das Blut aus seiner Nase schoss und bettelte um Gnade.

„Braver Junge", sagte Valeria und fütterte ihn ohne weitere Gegenwehr. Nach dem Essen räumte sie alles in die Küchenzeile und lief unruhig hin und her.

Plötzlich vernahm er das Geräusch eines Wagens, der über einen Kiesweg fuhr, und Valeria verließ den Raum.

Pablo war alleine und fragte sich, was das Ganze sollte, als plötzlich die Tür aufgerissen wurde und drei Männer den Raum betraten. Sie hatten schwarze Strumpfhosen über ihre Köpfe gezogen. Pablo fing an zu schreien. Valeria stand am Herd und hatte das Gas aufgedreht, in der anderen Hand hielt sie ein Eisen über das Feuer, bis es glühte.

Die drei Männer hielten Pablo fest, als Valeria mit dem Eisen an das Bett trat. Die Männer hatten Mühe, seinen Kopf festzuhalten. Pablos Augen traten fast aus den Augenhöhlen, als er das glühende Eisen vor seiner Nase sah.

„Es tut mir leid", flüsterte Valeria - und setzte das Eisen über seiner rechten Augenbraue an!

Pablo schrie seine Schmerzen heraus, bis seine Lungenflügel brannten wie Feuer.

Als er wieder zu sich kam, hatte er einen Verband um den Kopf, und ein Eisbeutel kühlte die Stelle. Dann fühlte er an seinem linken Ohr ebenfalls einen Verband und schaute Valeria fragend an, die wieder auf ihrem Stuhl saß und rauchte. „Frag nicht, ist besser für dich", sagte sie.

Pablo fragte mit zusammengebissenen Zähnen: „Warum?"

Valeria stand auf, seufzte und antwortete: „des Geldes wegen". Dann verließ sie das Appartement.

Pablo war wieder alleine und verstand die Welt nicht mehr. Irgendwann schlief er ein und träumte von vergangenen Zeiten, von guten Zeiten. Ein Rütteln an seinem rechten Arm weckte ihn auf. Er benötigte mehrere Minuten, um zu registrieren, wo und in welch misslicher Lage er sich befand.

Valeria stand vor ihm, mit einem Teller Nudeln in der Hand, und sagte: „Essenszeit, und bitte mach keinen Quatsch. Ich habe eine Kampfausbildung und bin in der Lage, ohne Probleme jemanden mit bloßen Händen zu töten. Hast du das verstanden, Pablo?"

Er nickte stumm, und sie atmete erleichtert auf.

Dann schloss sie die rechte Handschelle auf, sodass er selbst essen konnte. Was er auch anstandslos tat. So ging es mehrere Wochen. Mit einer speziellen Fußfessel gingen sie jeden Nachmittag um das Haus spazieren. Das kleine Anwesen lag mitten im Nichts. Pablo wurde bewusst, dass selbst, wenn er sich befreien könnte, er nicht wüsste, wohin er flüchten sollte. Ja, er wusste sogar nicht einmal in welchem Land er sich eigentlich befand.

Valeria schlief im Zimmer neben ihm und versorgte ihn, sodass es ihm an nichts fehlte. Ein kleiner Bauchansatz machte sich schon bemerkbar, und die Wunden schmerzten nicht mehr. Die Brandwunde war vernarbt, und das fehlende Ohrläppchen bemerkte er schon gar nicht mehr.

Eines Morgens stand Valeria vor ihm, mit einem Rasiermesser in der Hand.

Pablo versuchte verzweifelt, nicht auf seine linke Hand zu schauen, die Valeria nach dem Frühstück vergessen hatte zu fesseln. Sie beugte sich über ihn und rasierte ihn. Pablo wartete geduldig auf eine gute Gelegenheit.

„Warum schwitzt du denn so? Ich mach dich doch nur hübsch," sagte Valeria. Blitzartig schoss seine Hand nach oben und stieß Valeria vom Bett. Mit lachenden Augen sah er, wie sie sich den Kopf stieß und bewusstlos am Boden lag. Das war nun seine Chance, und er wollte sie nutzen! Doch plötzlich sah er die Blutlache auf seinem Laken.

‚Das Rasiermesser!', schoss es ihm durch den Kopf. Er tastete nach seinem Hals. Das Blut schoss in einem nicht enden wollenden Strahl aus einer Wunde an seinem Hals. Pablo bekam Panik. Er schnappte sich eines der Kopfkissen und drückte es, so fest er konnte, auf die Wunde.

Langsam schwanden ihm die Sinne, und er überlegte, was er tun könnte. Wie durch einen Nebel griff er nach dem zweiten Kopfkissen. Mit letzter Kraft beförderte er es über die Bettkante auf Valeria zu. Dann wurde ihm schwarz vor Augen!

Als er erwachte, spürte er den Verband um seinen Hals und sah, dass das Bett frisch bezogen war. Langsam drehte er sich um und starrte in Valerias böse funkelnde Augen.

„Du Arsch! Sei froh, dass ich eine Ausbildung als Krankenschwester habe, sonst wärst du verreckt, du verdammter Idiot."

Er stammelte: „Es tut mir leid!" Und damit war die Konversation beendet. Am Abend sah er sein Spiegelbild im Fenster und sog überrascht die Luft ein. Sie hatte ihn fertig rasiert und auch die Haare geschnitten. Der Schnurbart, den sie stehen gelassen hatte, gefiel ihm gar nicht.

Valerias Stimme riss ihn aus seinen Gedanken: „Gefällt es dir?"

Doch Pablo hatte keine Lust auf eine Antwort und blickte stumm nach unten. Dann fiel ihm auf, dass er einen Anzug trug. Er starrte Valeria fragend an. Das Geräusch eines anfahrenden Autos holte ihn zurück. Er sah, wie Valeria das Zimmer verließ.

Etwa fünf Minuten später betrat Valeria in Begleitung eines großen kräftigen Mannes das Zimmer. Der Mann hatte es nicht nötig, eine Maske zu tragen, was Pablo etwas erstaunte. Der südländisch aussehende Mann trat auf ihn zu und begutachtete ihn genau, während er sich mit Valeria unterhielt.

Spätestens jetzt ärgerte sich Pablo, nicht die Sprache seines Vaters gelernt zu haben. Doch dafür war es nun zu spät. Jeden Quadratzentimeter seines Körpers scannte der Typ ab. Dann drehte er sich zu Valeria um und zeigte stumm auf den Verband an Pablos Hals. Valeria stammelte etwas, und ehe sie den Satz zu Ende gesprochen hatte, versetzte er ihr einen Schlag mitten ins Gesicht, sodass sie zu Boden ging. Als sie sich wieder aufgerappelt hatte, schrie er sie an und hob drei Finger seiner Hand. Valeria nickte stumm, und der Typ verließ den Raum. Wenig später vernahmen sie das Geräusch eines wegfahrenden Autos. Beide atmeten erleichtert auf.

„Nette Freunde hast du", konnte sich Pablo nicht verkneifen. Blitzschnell sprang Valeria an sein Bett, holte aus und zog ihren Arm widerwillig zurück. Sie stampfte aus dem Zimmer und kam erst wieder zurück, als es dunkel war. Sie roch nach billigem Schnaps und schlief auf dem Stuhl neben seinem Bett ein.

Nach drei Tagen nahm sie ihm den Verband ab und behandelte die Wunde mit Makeup. Sie zog ihm wieder den Anzug an, und dieses Mal wehrte sich Pablo nicht. Langsam ergab er sich seinem Schicksal und war eher gespannt darauf, was als nächstes passieren würde.

Er hörte ein Auto kommen, sah die Spritze, die Valeria in seinen Arm bohrte, dann sah und hörte er nichts mehr.

Als er aufwachte, saß er in einem Auto zwischen zwei Männern, die ihn keines Blickes würdigten. Pablo fühlte sich, als hätte er viel zu viel Alkohol getrunken und war nicht in der Lage, sich kontrolliert zu bewegen, geschweige denn, etwas zu sagen.

Nach einem Blick aus dem Fenster stellte er fest, dass es Nacht und die Straßen schlecht beleuchtet waren. Er schwitzte und bekam langsam Kopfschmerzen. Durch die Bewegung bemerkte einer der Leibwächter, dass er wach war und versetzte ihm einen kurzen Schlag.

Pablo dachte: ‚Besser als Kopfschmerzen‘, ehe er im Reich der Träume landete.

Als er wieder aufwachte, befand er sich in einem schmucklosen Raum ohne Fenster. In der Ecke stand ein Eimer und an der Wand eine Pritsche.

Langsam kamen seine Lebensgeister zurück und er flüsterte: „Eine Gefängniszelle?" Dabei dachte er an Valeria und erschrak, als sich ein Schlüssel im Schloss drehte. Mit lautem Quietschen öffnete sich die Tür und ein glatzköpfiger Bär von einem Mann betrat den Raum.

Hastig wurde wieder abgeschlossen, und die Männer schauten sich gegenseitig an.

Erst jetzt fiel Pablo auf, dass sie beide dieselbe Kleidung trugen - und schlagartig bestätigte sich sein Verdacht!

Der Fremde sprach ihn an, doch Pablo machte ihm klar, dass er kein Wort verstand. Der Fremde kam auf ihn zu und zog ihm blitzartig die Hose herunter.

Dann grinste er Pablo an. Der verstand nun, was ihm bevorstand. Er wollte weglaufen, verfing sich in der Hose und ging unsanft zu Boden. Dann wurde er brutal geschnappt. Pablo biss die Zähne zusammen und begann zu weinen, was den Glatzkopf noch mehr antörnte. Nach einer Ewigkeit ließ der Bär von ihm ab, klopfte an die Tür und trat grunzend in den Flur. Pablo raffte seine Hose hoch und wankte zum Eimer, in den er sich mehrfach übergab.

Einen Tag später wurde wieder die Tür geöffnet, und man befahl ihm mit eindeutigen Gesten, sich anzuziehen. Seinen Anzug warfen sie auf die Liege und verschwanden wieder.

Pablo schöpfte Hoffnung und schlüpfte in den Anzug. Etwa eine Stunde später wurde die Tür wieder geöffnet, und zwei Männer in Uniform legten ihm Handschellen an.

Pablo wurde unsanft aus der Zelle gestoßen und lief den Flur entlang. Spätestens jetzt wurde ihm bewusst, dass er sich wirklich in einem Gefängnis befand.

Was er nicht verstand, waren die Reaktionen der Gefangenen, als er an den diesmal mit Gittern versehenen Zellen vorbeiging. Obszöne Gesten und Schimpfworte wurden ihm zugerufen. Einige der Gefangenen bespuckten ihn. Er verstand einfach nicht, warum!

Dann betrat er einen Raum mit einer Glasscheibe und einem Podest, auf das er geführt wurde. Mit angsterfüllten Augen sah er, wie ihm ein Strick um den Hals gelegt wurde. Dann öffnete sich die Jalousie des Fensters. Pablo nahm alles auf einmal wahr: Den Schriftzug an der Wand, mit der Aufschrift Guatemala, Valeria neben einem Mann mit einem Schnurbart und einer Narbe über dem rechten Auge. Das fehlende linke Ohrläppchen, der Seitenscheitel und der Anzug.

„Der Drogenbaron!", flüsterte er.

Als sich die Falltür unter seinen Füßen öffnete, sah er Valeria direkt in die Augen. Sie blickte beschämt zu Boden - und das war das Letzte, das Pablo in seinem Leben sah!

Die beiden Beamten des LAPD durchsuchten die Wohnung eines Finanzbeamten, der als vermisst gemeldet wurde. Seine Ex-Frau beschwerte sich über die ausstehenden Unterhaltszahlungen. Sie durchsuchten die Wohnung und fanden nichts, was auf einen Einbruch oder auf ein anderes Verbrechen hinwies. Einer schnappte sich den Computer und startete ihn. Das Passwort stand auf der Unterseite der Maus, die an den Laptop angeschlossen war. Einer der Beamten schüttelte den Kopf, gab das Passwort ein, lehnte sich zurück und wartete. Automatisch öffneten sich mehrere Fenster, nur Dating-Portale. Interessiert schaute sich der Beamte alles an und stieß einen ehrfurchtsvollen Pfiff aus.

„Was ist?", fragte ihn der Kollege. Er deutete nur auf den Monitor. Der Posteingang war mit mehr als 100 Dating-Anfragen aus dem Portal „Lovechat" gefüllt.

„Der hatte keinen Bock mehr, Unterhalt zu zahlen und ist mit einem der Mädels durchgebrannt – garantiert!", sagte einer der Beamten.

Der andere ergänzte: „Recht hat er. Hoffentlich ist er mit der glücklicher."

ENDE

ÜBER
DEN
WOLKEN

Erich packte seine wenigen Habseligkeiten zusammen.

Wie immer zählte er zuletzt das erbettelte Kleingeld.

‚Ich muss ja richtig Scheiße aussehen heute, bei dem vielen Geld, das ich bekommen habe', dachte er grinsend und entblößte seine schwarzen faulen Zähne. Mühsam erhob er sich und überlegte, was er mit dem Geld anfangen könnte. Dann entschied er sich für den Gang in das Café gegenüber. Der Duft der frischen Croissants, der ihm schon den ganzen Tag um die Nase wehte, war einfach unwiderstehlich.

‚Hoffentlich lassen die mich auch rein', dachte er und wischte sich automatisch die Flusen aus seinem einigermaßen passablen Mantel. Er schnappte sich seinen abgegriffenen Rucksack, lief über die Straße und wäre beinahe von einem Auto erfasst worden. „He, du Penner! Pass doch auf!", rief ihm der Fahrer hinterher. Erich schlurfte einfach weiter auf die verheißungsvolle Tür zu. ‚Früher hätte ich das Arschloch aus dem Auto gezerrt und ihm erklärt, was Sache ist', dachte er wehmütig an vergangene Zeiten zurück. Vorsichtig öffnete er die Tür - und sofort setzte sich eine Bedienung in Bewegung, genau auf ihn zu.

‚Mist, wird wohl nix mit Kaffee und Gebäck', dachte er. Doch er sollte sich täuschen!

Mit einem freundlichen Lächeln forderte die Bedienung ihn auf, einzutreten.

‚Was ist denn heute los?' dachte Erich und folgte ihr.

„Bitte setzen Sie sich hier hin. Ich bringe Ihnen Kaffee und etwas Gebäck."

„Danke", stammelte Erich, und konnte sein Glück noch gar nicht fassen. Nachdem er das System verlassen hatte, war dies die erste freundliche Begebenheit. Er konnte es immer noch nicht glauben.

„Und, liefen die Geschäfte gut?", fragte ihn die Bedienung, nachdem sie einen großen Pott heißen, schwarzen Kaffees auf den Tisch vor ihm gestellt hatte.

„Ich kann bezahlen", antwortete er.

Das Mädchen strahlte ihn an und erwiderte: „Deshalb habe ich nicht gefragt. Das geht heute aufs Haus."

Mit der anderen Hand zauberte sie einen Teller herbei, der mit drei frisch gebackenen Croissants gefüllt war und stellte ihn neben den Kaffee.

Erich nickte freundlich, und die Bedienung verschwand. Er musste sich dazu zwingen, nicht alles auf einmal zu verschlingen. Mittlerweile wusste er, wie wichtig es war, sich immer einen Vorrat anzulegen.

Er schaute sich um. Schnell verschwand eines der Hörnchen in seiner Manteltasche! Dann gönnte er sich den ersten Schluck heißen Kaffees seit… ja, seit wann eigentlich?

‚Egal Erich, genieße den Moment', dachte er. Dabei biss er in das Hörnchen, nachdem er sich unsicher etwas Butter und Marmelade darauf geschmiert hatte. Beim Kauen sah er sich um und ließ die Atmosphäre auf sich wirken. Natürlich hatte die nette Bedienung ihn in eine Nische gesetzt, aber das war ihm egal. Erich lehnte sich zurück. Zum ersten Mal seit langem fühlte er sich glücklich. Er wusste, dass das nicht von Dauer sein würde, denn schon zu oft hatte ihn das Leben gefickt. Dann wurde seine Aufmerksamkeit auf das Gespräch der Gäste gelenkt, die zwei Tische weiter saßen. Da sich eine Säule zwischen ihm und den Gästen befand, konnte er nur Teile des Gespräches aufnehmen. Aber was er hörte, klang vielversprechend. Er versuchte, die Bruchstücke zusammenzusetzen. Als Teilergebnis formte sich folgender Satz in seinem Gehirn:

„Wohnung über den Wolken, ab heute leer, für länger."

Sofort spitzte er die Ohren und versuchte, so viel wie möglich in Erfahrung zu bringen. Eine leere Wohnung, jetzt, wo es kalt werden würde. Genau das, was er brauchen könnte!

Der Gedanke, nicht mehr im Freien schlafen zu müssen, ließ seinen Puls höherschlagen, und seine Ohren wurden noch hellhöriger. Nach zehn Minuten verabschiedeten sich die zwei Gesprächspartner voneinander.

Einer der beiden lief zu ihm an den Tisch, und Erichs Herz rutschte in die Hose. Doch der Mann legte einen großen Schein auf den Tisch und sagte zu ihm: „Kauf dir etwas Warmes zum Anziehen, mein Freund. Bald wird es Winter."

Erich nickte nur, und schon war die skurrile Situation auch wieder vorbei. Mit geschickten Fingern verschwand der Schein in seinem Mantel, und Erich versuchte, sich an alles, was gesprochen wurde, zu erinnern. Er traute sich nicht, einen Kugelschreiber zu verlangen, denn das Wichtigste konnte er sich merken: „Am Weidenschlag 144, 53. Stockwerk, Appartement 1", sagte er immer wieder vor sich hin, um die Adresse ja nicht zu vergessen.

Voller Glückshormone verschlang er das zweite Croissant und lehnte sich zurück. Nachdem er seinen Kaffee ausgetrunken hatte, stand er auf, schnappte seine Siebensachen, winkte der Bedienung freundlich zu und trat auf die Straße. Ein kalter Wind blies ihm um die Nase, und er machte sich auf den Weg in Richtung U-Bahn-Eingang.

Er wusste zwar nicht, in welcher Stadt er sich gerade befand, weil es ihn einfach nicht mehr interessierte. Aber er hatte einen Stadtplan gesehen. Mit fliegenden Fingern fand er die Adresse, die sich am Stadtrand befand. Dabei konnte er einen Fluch nicht unterdrücken.

„Fast drei Kilometer! Wenigstens muss ich nur zweimal die Richtung wechseln", sagte er vor sich hin. Dann straffte er sich und lief los.

Schneller als gedacht, bog er in die Zielstraße ein. Die Laternen in der Gegend waren wahrscheinlich aus Energiespargründen abgeschaltet. Es war mittlerweile finstere Nacht. Das mehr als 150 m hohe Haus war trotz allem nicht zu übersehen.

Die letzten Stockwerke befanden sich in den Wolken. Erich grinste, als ihm klar wurde, warum der Mann „über den Wolken" gesagt hatte. Ihm war es egal! Er hatte zwar Höhenangst, aber er musste ja nicht aus dem Fenster sehen. Und wenn er nur Wolken sehen würde, dann umso besser.

Erich öffnete seinen Mantel und entnahm ein kleines Etui.

‚Was man alles lernt, wenn man auf der Straße lebt', dachte er und begab sich an die Haustür.

Schnell stellte sich heraus, dass er das Schloss gar nicht knacken musste, denn die Tür war nicht abgeschlossen.

Schnell schlüpfte er durch den Eingang und steuerte auf den Aufzug zu, der mit geöffneter Tür auf ihn wartete.

Er drehte sich noch einmal um und betätigte den Schalter mit der Nummer 53.

‚Vorletztes Stockwerk', dachte er noch, als sich die Türen schlossen. Der Aufzug rumpelte anfangs etwas, dann fuhr er lautlos nach oben. Die Tür öffnete sich, und Erich wartete noch ein wenig. Ein neugieriger Nachbar könnte durch den Spion schauen, und dann war es vorbei mit dem Glück. Gerade, als sich die Aufzugtüren schließen wollten, schlüpfte Erich aus dem Aufzug und stellte sich press an die gegenüberliegende Wand. Kein Geräusch war zu hören. Als sich der Aufzug in Bewegung setzte, erschrak Erich. Doch der Schreck war schnell vorbei. In der herrschenden Dunkelheit waren die Nummern auf den Türen nur schlecht zu erkennen. Aber Erich war es mehr als recht, dass kein Licht anging. Er hatte Glück! Direkt neben ihm befand sich das gesuchte Appartement mit der 1. In weniger als zwei Sekunden schlüpfte Erich lautlos durch die Tür.

Er atmete tief durch und sah sich in der Wohnung um.
Es dauerte eine Zeitlang, bis sich seine Augen an die Dunkelheit gewöhnt hatten. Erstaunt stellte er fest, dass sich zumindest im Flur keine Möbel befanden.
Die Einbauküche, mit einer kleinen Sitzecke, und ein Bett mit Matratze waren das einzige Mobiliar. Erich war es egal! Allein schon der Gedanke, in einem richtigen Bett schlafen zu können, reichte ihm vollends.

Ohne weiter nachzudenken, zog er seinen Mantel aus und legte sich auf die Matratze. Sofort schlief er ein und wachte erst auf, als die Sonne schon am Höchsten stand. Etwas fröstelnd trabte er immer noch schlaftrunken auf die Toilette. Nach einer ordentlichen Sitzung wischte er sich mit dem geklauten Toilettenpapier aus dem Cafe den Hintern ab und betätigte die Spülung. Als nichts geschah, drückte er noch einmal den Hebel. Dann fiel ihm ein, dass der vermeintliche Besitzer länger wegbleiben würde und deshalb wohl das Wasser abgestellt hatte. Er streckte sich und machte sich auf die Suche nach dem Haupthahn. Nach einer halben Stunde fand er ihn endlich und drehte das Ventil auf. Zufrieden lief er in die Küche, verschloss den Abfluss und drehte das Wasser auf.

Ein kurzer Schwall füllte das Becken etwa zu einem Viertel. Dann tröpfelte es nur noch, bis es gänzlich aufhörte.

‚Noch ein Hahn? Darum kümmere ich mich später', dachte Erich und schaute sich in aller Ruhe die Wohnung im hellen Sonnenlicht an.

Das Appartement bestand aus Flur, Küche, Badezimmer, Wohnzimmer und dem benutzten WC. Erich öffnete seinen Rucksack, entnahm eine Flasche Wasser und fingerte das Croissant aus seinem Mantel, den er sich wieder angezogen hatte.

Dann setzte er sich im Wohnzimmer auf den Boden, mit Blick zum Fenster. Besonders die Balkontür erzeugte einen kleinen Schauer in seinem Nacken. Er schüttelte sich kurz, aß langsam sein Hörnchen und nahm kleine Schlucke aus der Wasserflasche. Das Gebäck blieb etwas zwischen seinen faulen Zähnen hängen. Erich leerte die Flasche, um seine Mundhöhle mit der Flüssigkeit zu reinigen. Plötzlich hob er seine Hand und betätigte den Lichtschalter über sich - und wie erwartet - tat sich nichts!

‚Geizhals‘, dachte er und stand auf. Langsam lief er auf die Balkontür zu. Durch das große Fenster sah er nur hellen Sonnenschein, mehr nicht. Mit zittrigen Fingern öffnete er die Tür und atmete tief ein, bevor er den Balkon betrat.

Eine Hand am Türrahmen, tastete er sich soweit an die Brüstung, wie es in der Stellung möglich war. Mit all seinem Mut wagte er einen Blick nach unten - und sah nichts! Etwa zwanzig Meter unter ihm erstreckte sich eine dichte Wolkendecke.

Erleichtert atmete er auf, doch den Türrahmen umklammerte er immer noch. Er zog sich zurück und machte sich auf die Suche nach dem Wasserhahn.

Nach einer Stunde gab er auf.

‚Scheiße, bestimmt gibt es im Keller einen Abstellhahn für Wasser, Strom und Heizung.‘

Naja, für ein paar Tage würde es ihm reichen.

Nachdem er jeden Wasserhahn in der Wohnung geöffnet und die Reste in seiner Wasserflasche aufgefangen hatte, war er mit dem Ergebnis zufrieden. Die Flasche war voll, und das Wasser im Küchenspülbecken würde ihm für heute reichen. Zufrieden legte er sich wieder ins Bett und döste vor sich hin. Als es dunkel wurde, stand er auf und ging in die Küche. Mit den Händen schöpfte er das Wasser und trank mehrere Schlucke. Dann setzte er sich an den kleinen Tisch, auf dem er seinen Rucksack entleerte.

Er schnappte sich eine Dose Katzenfutter, die er aus dem Container eines Tierheimes geklaut hatte, und öffnete mit seinem Messer geschickt die Dose. Genüsslich verschlang er das Mahl. Nach einem kräftigen Rülpser lehnte er sich zurück und überlegte, wie es in seinem Leben wohl weiter ginge.

„Bestandsaufnahme", sagte er laut und zählte sein Hab und Gut auf: „Ein Stück Weißbrot von vorgestern, eine weitere Dose Katzenfutter und ein Energieriegel."

Nachdem er mehrere Minuten überlegt hatte, sagte er: „OK, bis morgen reicht es." Dann ging er zurück ins Bett.

‚Komisch, ist recht still in diesem Haus', dachte er und schlief wieder ein.

Der Drang zum Urinieren weckte ihn, und er pinkelte einfach in die Badewanne, sie war näher als die Toilette. Dann schlurfte er zurück und ließ sich auf die Matratze fallen.

Ein Klopfen am Fenster weckte ihn am nächsten Morgen. Erschrocken stieß er einen spitzen Schrei aus, als er den Raben auf der Fensterbank sitzen sah. Mit seinen kleinen schwarzen Knopfaugen fixierte er Erich, dann krächzte er dreimal und flog davon.

‚Ein Rabe - so weit oben!', dachte Erich und verscheuchte das ungute Gefühl, das sich in ihm breit machen wollte.

‚Ich lass mir von dem Federvieh den Jackpot hier nicht kaputt machen', dachte er und ging in die Küche. Wenig später befand sich der Inhalt der letzten Dose Katzenfutter und das Brot in seinem Magen, inklusive der halben Flasche Wasser.

Nach seinem Gefühl müsste es früh am Morgen sein.

Der ideale Zeitpunkt, das Haus zu verlassen. Er musste sich Lebensmittel besorgen - und vor allem Wasser.

Wenig später schnappte er sich seinen Rucksack, blieb vor der Schlafzimmertür nochmals stehen und sah sich das Bett noch einmal an. „Bis heute Abend", flüsterte er. Dann verließ er das Appartement. Leise schloss er die Tür und ging auf Zehenspitzen zum Aufzug. Er drückte den Knopf und wartete. Doch nichts geschah! Kein Geräusch erklang, kein Licht leuchtete auf.

Erichs Magen begann zu rebellieren. Immer wenn etwas nicht stimmte, bekam er Magenschmerzen, heftige Magenschmerzen!

Er schaffte es gerade noch, den Brechreiz zu unterdrücken und atmete mehrmals tief durch. Dann suchte er die Tür zum Treppenhaus.

Der Flur verlief einmal um den Aufzugsturm herum. An jedem Appartement stand eine Nummer. Verdutzt blieb er stehen und überlegte: ‚Acht Türen, mit acht Nummern.

Wo ist das verdammte Treppenhaus?'

Panisch umrundete er den Aufzugsturm mehrmals, doch es gab keine weitere Tür. Dann widmete er sich dem Aufzug, aber auch dort starrten ihn nur kalte Betonwände an.

‚Das gibt's doch nicht, ein Hochhaus ohne Treppe!', schrien seine Gedanken, und seine Nerven gingen mit ihm durch. Mit den Fäusten schlug er mehrmals gegen jede der Türen. Doch nichts geschah!

Das war zu viel für ihn. Sein Magen zwang ihn dazu, sich nach vorne zu beugen. Lange schaute er stumm auf die Lache des Erbrochenen zu seinen Füßen. Nachdem er sich etwas gesammelt hatte, kramte er sein Einbruchetui hervor und schlurfte zur Tür mit der Aufschrift 2. Er benötigte kein Werkzeug, denn alle Türen waren nicht abgeschlossen - und natürlich waren alle Wohnungen leer.

Heulend setzte er sich vor die Aufzugstür und flüsterte:

„So viel zum Jackpot."

Dann hörte er den Raben wieder. Er stand auf und lief zur offenen Tür mit der 1. Langsam folgte er dem Geräusch ins Wohnzimmer. Als er den Raben sah, blieb er wie angewurzelt stehen. Der Vogel saß auf der Balkonbrüstung und starrte ihn durch die offene Balkontür an. Erich fasste all seinen Mut zusammen und klatschte zweimal in die Hände. Doch das schien den Vogel nicht im Geringsten zu interessieren.

„Leck mich am Arsch, du Mistviech", sagte er, drehte sich um und knallte die Wohnzimmertür einfach zu.

Müde und verzweifelt legte er sich auf die Matratze und überlegte. Seine Gedanken drehten sich immer wieder im Kreis. Ihm wollte einfach keine Lösung einfallen.

Sein Verstand weigerte sich zu glauben, dass jemand ein Haus ohne Treppenhaus bauen ließ.

Das war schlicht unmöglich – oder?

Dann meldete sich sein Magen, doch Galle brechen wollte er nicht. Daher rappelte er sich auf und durchsuchte das komplette Stockwerk systematisch.

„Kein Wasser, ein angebissenes Snickers, eine Handvoll Cornflakes, eine tote Maus und eine halbe Dose Coke mit einer Zigarettenkippe. Toll, Jackpot ade."

Plötzlich hatte er eine Idee und sagte laut:

„Versorgungsschacht", stand auf und durchsuchte den Flur nach einer Klappe. Erst in der Wohnung fand er, wonach er suchte. Jede Wohnung hatte einen eigenen Versorgungsschacht, der so klein war, dass noch nicht einmal eine Maus darin leben konnte.

Gerade als er sich enttäuscht hinsetzen wollte, hatte er eine weitere Idee: Er ging zum Aufzug und versuchte, die Tür mit den Händen zu öffnen. Doch seine Hände waren zu schwach. Also lief er ins Appartement, nahm einen Stuhl und zertrümmerte die Sitzauflage.

Dann riss er den Griff einer Schublade ab und ging zurück zur Aufzugstür. Der Griff war konisch gefertigt, und mit Hilfe des Stuhlbeines bekam er die Tür einen Spalt auf. Beherzt griff er mit den Händen zu und zog die Tür etwas auseinander.

Das Licht war nicht ausreichend, um das gähnende schwarze Loch zu durchdringen. Erich zog eine Streichholzschachtel aus seinem Mantel und zündete eines der Schwefelhölzer mit zittrigen Fingern an. Das Licht reichte aus, um zu sehen, dass keine Steigeisen im Aufzugsschacht vorhanden waren.

„Scheiße", krächzte er und ließ das Streichholz in den Schacht fallen. Wieder meldete sich sein Magen. Nur mit viel Mühe bekam er die Schmerzen wieder in den Griff.

Entmutigt schlurfte er zurück in die Wohnung und ließ sich auf das Bett fallen.

„Wie kann man nur so ein Haus bauen? Das ist doch unmöglich! Welche Behörde würde das abnehmen?", flüsterte er vor sich hin, bis ihn die Erkenntnis traf.

„Du Idiot, deshalb steht es leer! Und zwar wahrscheinlich komplett - und ich Depp bin hier gefangen!"

Eine Träne nach der anderen kullerte über seine hohlen Wangen. Er dachte: ‚Warum habe ich immer nur Pech im Leben? Hört das denn nie auf!'

Alte Gedanken suchten sich einen Weg in sein Bewusstsein, doch Erich wehrte sich dagegen. Nein, darüber wollte er nicht mehr nachdenken.

Dann fragte er sich, warum der Aufzug ausgerechnet bei ihm noch funktionierte und hatte eine Idee:

„Vielleicht hat er ja nur einen Wackelkontakt auf diesem Stockwerk", sagte er und lief zum Aufzug. Er nahm ein Streichholz und klemmte es in den Schalter, so als ob jemand draufdrücken würde. Zufrieden zog er sich wieder ins Bett zurück.

Unruhig wälzte er sich im Bett herum, bis sich plötzlich jemand räusperte und Erich vorsichtig die Augen öffnete.

Vor dem Bett stand sein Vater, ein großer stattlicher Mann mit breiten Schultern und schaute hämisch auf ihn herab:

„Na, hab ich's doch gewusst, du Versager! Vielleicht hilft dir ja eine Trachtprügel weiter, du Nichtsnutz", sagte er.

Erich schloss die Augen und wimmerte: „Nein Vater, bitte nicht mehr schlagen". Dann war es wieder still, bis sich eine Frauenstimme bemerkbar machte.

Als Erich seine Augen aufschlug, stand seine Mutter im Türrahmen. Mit erhobenem Zeigefinger sagte sie:

„Du bist nicht würdig, mein Sohn zu sein. Außer fressen und scheißen kannst du nichts. Ach, hätte ich dich doch nie geboren. Mein Leben hast du mir versaut. Ich wäre froh, dich gäbe es nicht." Dann lief sie zeternd davon - und es wurde wieder still.

Erich hörte auf zu weinen, da sich keine Flüssigkeit mehr in seinem Tränenkanal befand. Er setzte sich aufrecht ins Bett und wurde sich bewusst, dass er gerade geträumt hatte. Wehmütig erinnerte er sich an seine schlimme Kindheit.

Mit aller Gewalt drängte er diesen und noch viel schlimmere Gedanken in sein Unterbewusstsein zurück. Er versuchte, rational zu denken, doch es gelang ihm nicht. Wieder schlief er ein und erwachte, als der nächste Tag begann. Seine Kehle war ausgetrocknet, und er überlegte, was er als nächstes tun sollte. Dann stand er auf, fischte die Kippe aus der Cola-Dose und nahm einen kleinen Schluck.

Mit kleinen Bissen aß er das letzte Stück des Schokoriegels und lief in die Küche. Er schnappte sich die leere Dose Katzenfutter und lief in den Flur.

Erstaunt stellte er fest, dass alle Türen offenstanden. Er war sich nicht sicher, ob er dafür verantwortlich war. Er atmete tief durch und lief auf die Pfütze seines gestern Erbrochenen zu. Er schluckte schwer und fingerte angewidert die wenigen festen Brocken aus der Dose. ‚Leider keine Feuchtigkeit mehr', dachte er, und verwahrte die Dose in der Küche neben dem Rest seiner Beute. Er wischte sich die Finger an seiner Hose ab und überlegte, was er als nächstes tun könnte.

Bei dem Gedanken, auf den Balkon zu gehen und sich von Stockwerk zu Stockwerk zu hangeln, bekam er eine Gänsehaut. ‚Das funktioniert nur in Filmen', dachte er und überlegte weiter. Am Seil den Aufzugsschacht herunterzuklettern war bei 53 Stockwerken keine Option. Er hatte nur eine Chance: Er musste auf sich aufmerksam machen - und da kam der Balkon wieder ins Spiel!

„Scheiße", sagte er laut und lief ins Wohnzimmer. Mit festem Griff hielt er sich am Türrahmen fest und schaute über die Brüstung nach unten. Doch er sah nur Wolken, wohin das Auge reichte. Dann fasste er einen Entschluss und begann, das gesamte Mobiliar des Stockwerkes in das Wohnzimmer zu schleppen.

Schwer atmend warf er ein Teil nach dem anderen über die Brüstung. Immer darauf bedacht, dass er nicht aus Versehen zu weit nach draußen ging.

Plötzlich kam der Rabe zurück, setzte sich auf das Balkongeländer und sah ihn hämisch an.

„Was willst du wieder hier, du hässlicher Vogel?"

Der Rabe krächzte nur als Antwort.

Erich fuhr fort: „Bist wohl ein Aasfresser, hä?

Aber mich bekommst du nicht."

Ohne Vorwarnung warf er ein Stuhlbein nach dem Raben, doch er verfehlte ihn, und der Rabe fixierte ihn wieder mit seinen schwarzen, kleinen, toten Augen.

Als Erich außer dem Bett alle Teile nach unten geworfen hatte, gab es für ihn nichts mehr zu tun.

‚Hoffentlich fällt jemandem ein Teil auf den Kopf', dachte er und legte sich wieder etwas hoffnungsvoller ins Bett.

Als er aufwachte, strahlte die Sonne durch das Fenster, und auf der Fensterbank saß der Rabe und schaute ihn an.

Erich stand unbeeindruckt auf und lief zum Balkon, um einen Blick zu riskieren. Die Wolkendecke war an einigen Stellen etwas aufgerissen und er konnte nach unten sehen. Was er dort sah, ließ ihn wieder verzweifeln!

Das Gelände vor dem Haus war ringsum mit Müll bedeckt, und kein Gebäude, geschweige denn eine Menschenseele, war in Sicht.

„Wo bin ich nur gelandet?", stammelte er verzweifelt.

Er erschrak fürchterlich, als der Rabe an ihm vorbeiflog, sich die tote Maus aus der Küche schnappte und wieder hinausflog.

Verzweifelt ließ Erich seine Schultern hängen und stampfte in die Küche. Schnell stellte er die Cola-Dose wieder auf, die der Rabe umgeworfen hatte. Dann leckte er die entstandene Pfütze auf. Seine Mundhöhle war geschwollen! Es bereitete ihm große Schmerzen, die Handvoll Cornflakes hinunter zu schlingen. Niedergeschlagen beugte er sich über die Spüle und schlürfte den letzten Rest Wasser bis auf den letzten Tropfen auf.

Angeekelt starrte er auf die Dose mit seinem Erbrochenen. Dann fiel ihm die Toilette wieder ein und sein Magen rebellierte. Er schaffte es, dem Brechreiz zu trotzen und schlurfte wieder ins Bett.

Nach mehreren Stunden Schlaf wachte er auf, lief ohne weitere Worte zur Toilette, schöpfte das vorhandene Wasser und trank es mit geschlossenen Augen. Danach ging er in die Küche und aß die Dose leer.

Er verdrängte den Ekel und dachte mit all seiner Kraft an schöne Dinge, bis er wieder einschlief.

Als er aufwachte, saß der Rabe am Fußende seines Bettes. Doch Erich war es egal. Er war zu schwach, um sich darüber Gedanken zu machen. Er schaute zu dem schwarzen Federvieh und sagte: „Bald schon kannst du mich haben". Dann schloss er die Augen wieder.

Er erwachte, als sich sein Unterbewusstsein mit aller Macht in den Vordergrund drängte. Dieses Mal ließ er es einfach geschehen.

Ihm war es egal - alles war egal!

Dann trat die Erinnerung mit aller Kraft in sein Bewusstsein! Er sah sich auf dem Gehsteig stehen, mit seiner Tochter Sahra an der Hand.

‚Das waren die glücklichsten Jahre meines Lebens', dachte er. ‚Und dann ließ ich es aus der Hand gleiten. Im wahrsten Sinne des Wortes.' Mit aufgerissenen Augen verfolgte er die Szene, als sich seine Tochter losriss und lachend auf die Straße zulief. Er war zu keiner Bewegung fähig und glotzte nur auf das Auto, das auf sie zukam, bis ihr kleiner Körper durch die Luft flog und ein hässlicher Aufprall zu hören war. Dann sah er sich am Boden liegen, geschüttelt von Weinkrämpfen.

Aber er wusste, dass es noch schlimmer kommen würde!

Wenig später erhängte sich der Fahrer des Wagens, und seine Frau nahm sich kurz darauf ebenfalls das Leben. Nur er, der Versager, war nicht in der Lage, es zu beenden.

Weinend raffte er seine letzte Kraft zusammen und lief zum Balkon. Seine Mutter stand hinter ihm und sagte immer wieder das verhasste Wort: „Versager, du Versager!"

„Diesmal versage ich nicht, ich springe!" schrie er.

Seine Lungenflügel brannten wie Feuer, doch er sprang nicht!

Schluchzend ging er auf wackeligen Beinen zum Bett zurück, starrte den Raben an - und plötzlich öffnete sich die Tür!

Sahra stand im Türrahmen, blickte ihn wortlos an und reichte ihm auffordernd die Hand. Er lächelte, griff danach und ging mit seiner Tochter zur Tür hinaus.

Er blickte sich nicht um, als er die Raben hörte, die über seinen toten Körper herfielen. Es war ihm egal, er war wieder bei seiner Tochter - und nur das zählte.

Am Aufzug wartete seine Frau. Gemeinsam betraten sie die Kabine. Er drehte sich zu ihr um und sagte:

„Kannst du dir vorstellen, dass es ein Hochhaus ohne Treppenhaus gibt?"

ENDE

13

Sahra erwachte aus der Narkose und wollte hoffnungsvoll ihre Augen öffnen, doch es funktionierte nicht. Enttäuscht atmete sie aus und lauschte den Worten der Krankenschwester, die in eindringlichem, aber freundlichem Ton sagte: „Sahra, du musst dich noch etwas gedulden. Erst in drei Tagen wird dir der Professor die Verbände abnehmen."

„OK", antwortete Sahra. Sie dachte: ‚Jetzt bin ich schon seit fünfzehn Jahren blind. Da kann ich die drei Tage auch noch warten'. Mit neuem Selbstbewusstsein fragte die junge Frau, was es denn heute zu essen gäbe. Die Schwester antwortete lachend: „Fischfilet mit Kartoffelsalat."

„Prima, aber bitte ohne Gräten", erwiderte Sahra. Dann schnappte sie sich ohne Mühe ihren Horror-Roman und begann mit ihren Fingern die Blindenschrift zu lesen.

„Noch drei Tage, dann kann ich vielleicht endlich wieder mit meinen eigenen Augen lesen."

Sie dachte an den Prospekt, den ihre Mutter begeistert vorgelesen hatte: „Dank des neuen implantierten Chip RK13A kann die Verbindung vom Gehirn zum Auge wiederhergestellt werden", versprach das Blatt Papier, und die ganze Familie war enthusiastisch.

Sahra hatte mit fünf Jahren durch einen Unfall, bei dem die Verbindung des Sehnervs durch eine Gehirnquetschung zerstört wurde, ihre Sehkraft verloren und war fortan völlig erblindet. Als Kind kommt man damit schneller zurecht. So fügte sich Sahra in ihr Schicksal und machte das Beste daraus. Doch nun sollte alles anders werden! Sie seufzte und tastete mit ihren Fingern über die Buchstaben; doch mit ihren Gedanken war sie ganz woanders.

„Was haben wir denn da?" sagte Dimitri. Er drang ohne größere Probleme in das Sicherheitsnetz einer Microchip-Firma ein. „Sehr interessant", flüsterte er und studierte Codetabellen, die nur ein Hacker verstehen konnte. Nach vier anstrengenden Stunden entfernte er sich aus dem System, ohne Spuren zu hinterlassen und lehnte sich zurück. Seine Gedanken kreisten um den Chip, den er soeben ausgelesen hatte. Sein Medizinstudium, Hauptgebiet „Gehirn", verhalf ihm dazu, die Tragweite des eben erlangten Wissens zu erklären. Dimitri drehte sich um, schnappte sich den Energy-Drink und trank ihn in einem Zug. Dann fingerte er das letzte Stück der kalten Pizza von heute Mittag aus der Packung und zermalmte den Teig zwischen seinen Zähnen.
Nachdem er alles aufgegessen hatte, bildete sich in seinem Denkapparat eine geniale Geschäftsidee.

Erst drückte er einen Rülpser aus seiner Kehle, dann schnalzte er mit der Zunge. Lächelnd streckte er sich, ließ seine Finger knacken und schleuste sich wieder in das Intranet der Firma ein. Diesmal wusste er, was er wollte. Dollarzeichen bildeten sich vor seiner Netzhaut!

Viele Dollarzeichen, sehr viele Dollarzeichen!

Sahra war sehr aufgeregt, als der Professor zur Tür hereinkam. Sie drückte die Hand ihrer Mutter so fest, dass diese ein leises Stöhnen nicht unterdrücken konnte.

„So, Sahra! Augen zu, bis ich dir sage, dass du sie öffnen kannst. Schwester, sind alle Vorhänge geschlossen und alle Lichter aus?"

„Ja", kam die knappe Antwort, und die letzte Lage des Verbandes wurde entfernt.

„Jetzt! Aber vorsichtig", sagte der Arzt, und Sahra öffnete langsam ihre Augen.

„Unglaublich", flüsterte sie ehrfurchtsvoll. Nachdem sie die Helligkeit weggeblinzelt hatte, schaute sie sich langsam um. Jedes Detail war für sie von Bedeutung! Dann blieb ihr Blick an ihrer Mutter hängen.

Mit Tränen in den Augen schloss sie ihre Tochter in die Arme.

Niemand bemerkte, dass der Arzt und die Schwester das Zimmer verlassen hatten.

Nach weiteren drei Tagen durfte Sahra das Krankenhaus endlich verlassen.

Sahra war die 13. Person, die den Chip ins Gehirn eingepflanzt bekommen hatte. Sie wurde von der Software als P. 13 registriert.

‚Jetzt beginnt ein neues Leben', dachte Sahra.

Sie freute sich sehr darauf!

Leo traute seinen Augen nicht und las die Anzeige nochmals durch. Er befand sich im Darknet und surfte auf der Seite 13HAK, einer russischen Hackerseite. Dort hatte er schon einige interessante Dinge heruntergeladen.

„Die Matrix lebt. Folge dem rosa Kaninchen und du wirst Dinge sehen, die du noch nie so gesehen hast", blinkten die bunten Buchstaben auf seinem Bildschirm. Am rechten unteren Rand hüpfte ein Kaninchen ständig auf und ab. Mit dem Satz „Was soll's", drückte Leo auf das Kaninchen. Zwei Handflächen erschienen. In einer lag eine blaue ovale Pille, die andere Handfläche war leer.

Über der Pille schwebte die Zahl 1.000 $. Leo überlegte, ob sich der Spaß auch lohnen würde. Er war immer schon schnell für etwas zu begeistern.

Verlor aber auch genauso schnell wieder die Lust an etwas.

„1.000 $, kann ich mir leisten", sagte er und drückte auf die blaue Pille. Wenig später wechselte das Geld den Besitzer. Leo wartete, wie es weiterging. Als die App auf seinem Handy installiert war, öffneten sich mehrere Fenster, aber alle waren schwarz. Was dann geschah, übertraf seinen Verstand um Längen!

Sahra hatte sich mittlerweile an ihr neues Leben gewöhnt. Frohgelaunt befand sie sich auf dem Weg zur Blindenschule. Heute würde sie das Gelernte mit ihrer persönlichen Beraterin vertiefen. Die Chipfirma stellte ihr die Lehrerin kostenfrei zur Verfügung, damit Sahra lesen und schreiben lernen konnte, um bald schon auf eine andere Schule wechseln zu können.

Als sie in den Bus einstieg, stellten sich plötzlich ihre Nackenhaare. Sie konnte nicht beschreiben, was gerade genau passierte. Sie fühlte sich auf einmal beobachtet und schaute sich panisch um. Doch alles war wie immer.

‚Nichts Auffälliges', dachte sie. Ihre Finger tasteten automatisch nach der Operationsnarbe hinter ihrem linken Ohr. Wie immer fühlte sie nur ein leichtes Vibrieren, und an der Stelle war ihre Kopfhaut etwas wärmer - also auch wie immer.

‚Komisch', dachte sie und versuchte, das Gefühl zu unterdrücken. Doch es blieb in ihrem Unterbewusstsein präsent - präsenter als ihr lieb war!

Leo starrte die zwanzig Fenster an. Er versuchte, sich zu orientieren. Bei allen Fenstern hatte er das Gefühl, durch die Augen einer Person zu sehen - und genau das bestätigte die Laufschrift: „Suchen Sie sich eine Person aus und erleben Sie in Echtzeit, was die Person erlebt", stand dort. Leo stieß einen Pfiff aus. Damit hatte er wirklich nicht gerechnet. Dann grinste er und wählte seine Lieblingszahl, die 13. Als er das Fenster öffnete, verschwand alles andere auf seinem Handybildschirm. Er sah, wie jemand in den Bus stieg und sich vorsichtig umschaute. Dann setzte sich die Person. Er konnte sehen, dass es sich um ein Mädchen handeln musste. Sie streifte sich den Rock glatt, ehe ihr Blick zum Fenster ging und nach draußen schaute.

„Bingo, ein Mädchen", freute sich Leo. Er verband das Handy mit seinem Monitor. Gefangen von seiner Neugierde, verfolgte er alles, was nun passierte.

Sahra bemerkte eine Veränderung! Nach drei Wochen verschwand das ungute Gefühl wieder. Erleichtert atmete sie auf. Voller Lebensfreude ging sie ihren Beschäftigungen nach.

Sie hatte sich mit einem Schulkameraden aus der Blindenschule zum Wochenende verabredet, und darauf freute sie sich besonders.

Leo wurde das Ganze zu langweilig. Nach drei Wochen wurden seine Aufenthalte in der App immer weniger. Er hatte den Spaß gänzlich verloren. Zwei Tage später forderte die App ihn zu einem Update auf. Er öffnete sie argwöhnisch. Als er „aktualisieren" anklickte, erschienen wieder die zwei Hände. Doch dieses Mal lag eine rote Pille in der einen Hand. Die Zahl „8.000 $" schwebte über der Pille. Gerade, als er wieder zurückklicken wollte, öffnete sich ein Fenster. Aufmerksam begann er zu lesen:

„Update: Haben Sie Lust, Einfluss auf das Leben Ihrer gewählten Person zu nehmen?"

Er klickte den Button „ja" und las weiter:

„Je nach Willensstärke können Sie beeinflussen, was Sie wollen. Eine Steuerkonsole, mit der Sie schriftlich Befehle eingeben können, versetzt Sie in die Lage zu tun, was Sie wollen."

„Jetzt wird's richtig interessant", flüsterte Leo erregt und drückte auf „mehr Info".

Wenig später öffnete Leo die App mit zittrigen Fingern. Alles war wie vorher, außer der Befehlseingabezeile am unteren Rand. Leo musste sich zusammenreißen, als er den ersten Befehl eingab. Genüsslich lehnte er sich zurück und starrte gebannt auf sein Handy.

Sahra spürte sofort, wie das Gefühl zurückkam. Sie saß im Bus, auf dem Weg zu ihrem Date, und war schon sehr aufgeregt. Plötzlich beugte sie sich vor, nahm ihre Hände und schob ihren Rock langsam hoch. Sie wehrte sich gegen das, was sie tat. Doch es geschah einfach! Sie schaute sich selbst unter ihren Rock - und das mitten im Bus! Dann war es wieder vorbei, und sie richtete sich auf. Mit knallrotem Kopf blickte sie sich um und atmete erleichtert auf, als sie feststellte, dass anscheinend niemand die Aktion beobachtet hatte.
‚Was ist bloß los mit mir?', dachte sie und schob es auf die Hormone wegen des anstehenden Dates.

Leo brauchte mehrere Minuten, um seine Erregung in den Griff zu bekommen. Gebannt blickte er sich verstohlen um. Er befand sich in einem Supermarkt, steuerte seinen Einkaufswagen schnellstmöglich an die Kasse und rannte nach Hause. Zu Hause angekommen, verband er sein Handy mit dem Monitor und öffnete die App.

Seine Hände schwitzten. Er musste das Passwort mehrmals wiederholen, bis sich das Fenster mit der 13 öffnete. Seine Atemfrequenz erhöhte sich, als er die Situation, in der sich die Person befand, erblickte. Seine Gedanken rasten, und sein Herzschlag passte sich entsprechend an. Der Schweiß lief ihm über sein Gesicht, als er die Buchstaben eintippte. Dann öffnete er umständlich seine Hose und blickte dabei gespannt auf den Bildschirm.

Sahra lag in den Armen ihres neuen Freundes, noch berauscht von den gegenseitigen Liebkosungen. Plötzlich hoben sich ihre Hände und wanderten an den Hals ihres Freundes. Sie versuchte alles, um das Unvermeidliche zu verhindern. Doch sie war nicht in der Lage dazu!

Hilflos musste sie mit ansehen, wie sich ihre Hände um den Hals schlossen und zudrückten, fest zudrückten!

Überrascht stöhnte ihr Freund auf, doch er wehrte sich noch nicht. Sahra schrie auf - und der Schrei löste eine Blockade in Ihr. Sie zog ihre Hände zurück, stammelte eine Entschuldigung und rannte aus der Wohnung. Heulend lief sie nach Hause, total verwirrt von ihrer Aktion.

Leos Keuchen ließ nach und er schaute befriedigt auf den feuchten Fleck zwischen seinen Beinen. Dann starrte er wieder grimmig zum Monitor und flüsterte: „Das kannst du noch besser, Mädchen."

Sahra blieb vor der Haustür stehen und wischte sich die Tränen vom Gesicht.

Leise betrat sie das Haus und schaute ins Wohnzimmer, in dem ihre Mutter auf dem Sofa saß und fernsah.

Sie bemerkte ihre Tochter nicht, was Sahra mehr als recht war. Sie wollte nur auf ihr Zimmer. Doch irgendwie bog sie in die Küche ab. Ihr Körper reagierte nicht mehr auf ihre Befehle, sie war zum Zuschauen verdammt.

‚Was tu ich nur?', dachte sie, und musste verzweifelt mit ansehen, wie sie zielsicher auf den Messerblock zusteuerte. Ihre rechte Hand entnahm das größte Messer, und ihre Beine setzten sich in Bewegung.

Sie lief auf die Wohnzimmertür zu. Sahra erfasste schlagartig, was ihr Körper vorhatte. Sie wollte schreien! Ihre Mutter warnen. Doch kein Laut kam über ihre Lippen!

Dann stand sie hinter ihrer Mutter und hob mit beiden Händen das Messer. Sahra sammelte all ihre Kräfte und begann, sich zu wehren.

Ihr Kopf drohte zu zerplatzen, während Leo immer wieder den Befehl zum Zustechen eingab. Langsam bewegte sich das Messer auf den Rücken von Sahras Mutter zu, doch die Hände zitterten dabei. Sahra spürte, wie der Chip in ihrem Kopf immer heißer wurde. Schlagartig verstand sie den Zusammenhang!

Ein Aufschrei entrang sich ihrer Kehle. Daraufhin erschrak ihre Mutter, die sich vorbeugte, was ihr das Leben rettete. Das Messer sauste herab und bohrte sich in das Sofa. Mutter und Tochter starrten sich ungläubig an. Sahra wusste jetzt, was zu tun war. Sie widersetzte sich jedem weiteren Befehl, rannte in den Flur, riss die Tür zum Keller auf und stürmte die Treppen hinab. Unten angekommen, lief sie keuchend zur Werkbank und nahm die Bohrmaschine in die eine Hand.

Mit der anderen Hand ergriff sie einen Seitenschneider und durchtrennte das Kabel. Blitzschnell steckte sie den Stecker in die Steckdose und platzierte die offenen Kabelenden genau an den Chip in ihrem Kopf. Der Stromschlag warf sie zu Boden, und ihr Herzschlag setzte aus!

Leo fluchte, als der Bildschirm schwarz wurde. Vor Zorn warf er den Monitor zu Boden.

Sahras Mutter betrat den Kellerraum und sah ihre Tochter am Boden liegen. Der Geruch von verbranntem Fleisch lag in der Luft. Doch nichts konnte die Mutterinstinkte aufhalten! Nachdem sie den Stecker gezogen hatte, begann sie mit der Mund-zu-Mundbeatmung. Die Herzmassage brachte Sahra wieder zurück, und beide lagen sich weinend in den Armen. Keiner war in der Lage, etwas zu sagen, was auch nicht nötig war!

Dimitri war clever genug, sich im richtigen Moment zurückzuziehen. Er hatte genug Geld verdient. Er würde wieder etwas Neues finden, um seinen Kontostand zu erhöhen. Eine Nachverfolgung würde im Sande verlaufen, dessen war er sich sicher. Lächelnd durchsuchte er das Internet aufs Neue.

Die Polizei registrierte 1.255 Benutzer der App. Bei einer Person hatten sie Glück. In seiner Wohnung befanden sich mehrere Utensilien, die ihn eindeutig als den lange gesuchten Serienmörder entlarvte.

Als Leo abgeführt wurde, stammelte er immer wieder: ‚Warum hat sie nicht zugestochen?‘

Vier Wochen später klopfte Sahras Mutter vorsichtig an die Tür. Sahra öffnete, und ihre Mutter trat ein. Sahra setzte sich wieder neben ihren Freund, ergriff zielsicher seine Hand und fragte ihre Mutter, was sie denn wolle.

„Das Krankenhaus hat angerufen. Sie wollen dir kostenlos einen neuen Chip einsetzen."

Sahra musste lachen und antwortete: „Nein, danke!

Mein Leben ist großartig so wie es ist, Mutter."

„Habe ich mir gedacht und ihnen auch schon abgesagt", antwortete sie, gab ihr einen Kuss auf die Stirn und verließ lachend das Zimmer.

ENDE

ENDSPIEL

Damien zog sich in seine Kammer zurück. Die Kammer als Zimmer zu bezeichnen wäre zu viel verlangt. Eigentlich handelte es sich eher um einen größeren Wandschrank, er konnte nur mit angezogenen Beinen im unteren Regal schlafen. Aber es war ein Ort, an den er sich zurückziehen konnte, immerhin etwas. Er legte sich auf die Decke, seinem einzigen persönlichen Utensil, das er besaß, und dachte über sein Leben nach. Er hatte es nicht unbedingt leicht bei seinen Pflegeeltern, den zweiten! Und auch sonst verlief sein Leben nicht gerade positiv. Aber er haderte nicht mit seinem Schicksal, er ertrug alles - und das mit seinen acht Jahren recht tapfer. Plötzlich wurde die Tür aufgerissen, und seine Pflegmutter zog ihn zeternd an den Ohren in die Küche: „Mach und spüle endlich das Geschirr, du fauler Nichtsnutz. Die Betten hast du auch noch nicht abgezogen. Immer nur Ärger mit dir. Los, los jetzt, bevor Bernd nach Hause kommt. Du kennst ja seine Bestrafungen schon. Also los jetzt! Und denk daran, ich helfe dir damit."

Damien seufzte und erledigte die Aufgaben.

Spät am Abend zog er sich wieder zurück und träumte von besseren Zeiten.

Am nächsten Morgen wurde er wie immer unsanft mit einem Tritt in die Rippen von seinem Pflegevater geweckt.

„Los anziehen, wir gehen in die Stadt. Und wehe, du spurst nicht, Freundchen!", blaffte er ihn an. Damien nickte nur und machte sich fertig. Als er in die Küche lief, war ihm gleich klar, dass er heute kein Frühstück bekommen würde. Der Grund dafür war ihm nicht klar, aber es änderte nichts an der Tatsache, und er begab sich zur Tür. Immerhin steckte ihm seine Pflegemutter einen Schokoriegel zu, den er auf dem Weg zur U-Bahn heimlich verzehrte.

In der Stadt angekommen, liefen sie gemeinsam, das heißt er hinter seinen Pflegeeltern, an einer breiten Stadtstraße entlang, bis das Unvermeidliche passierte: In Gedanken lief er in die Hacken von Bernd. Jegliche Entschuldigung wurde zur Seite gewischt. Er bekam eine schallende Ohrfeige verpasst. Der Bürgersteig war voller Menschen, doch niemand schien sich für sein Schicksal zu interessieren. Er schüttelte sich kurz und wollte sich nochmals entschuldigen, als die Sicherungen bei Bernd durchbrannten und er Damien mit der Faust einen Schlag ins Gesicht verpasste.
Damien ging zu Boden und krümmte sich vor Schmerzen. Blut floss in Strömen aus seiner Nase. Doch kein Mensch in seiner Umgebung nahm es zur Kenntnis.

Jeder blickte schnell in eine andere Richtung. In seiner blinden Wut verpasste ihm Bernd noch einen Tritt - und das war zu viel!

Damien rappelte sich auf und dachte: ,Zeit für das Endspiel'.

Seine Pflegeltern stritten sich, doch das interessierte Damien nicht. Er sammelte seine Kräfte, trat an den Straßenrand, schloss seine Augen und lief einfach drauflos.

Bremsen kreischten, Hupen erklangen. Das alles war Musik in Damiens Ohren. Geduldig auf den Aufprall wartend, lief er immer weiter, mitten über stark befahrene Straßen. Dann vernahm er die ersten Geräusche von mehreren Kollisionen, die von einem Aufschrei übertönt wurden. Ein Aufstöhnen mehrerer Menschen rundete die Geräuschkulisse ab. Als Damien unversehrt auf der anderen Straßenseite anlangte, betrat er den Bürgersteig und drehte sich langsam um. Vor ihm herrschte das totale Chaos! Mehr als zwanzig Fahrzeuge waren ineinander verkeilt. Dann blickte er zu seinen Pflegeltern. An dem Ort, an dem sie eben noch standen, lag ein Kleintransporter auf dem Dach und ragte mit der Vorderseite in ein zerbrochenes Schaufenster.

Als er genauer hinsah, erkannte er die Beine seiner Pflegemutter, die unter dem Laster hervorragten.

Als er etwas zur Seite ging, erkannte er seinen Pflegevater, der von einer Scherbe des Schaufensters durchbohrt am Fensterrahmen hing. Damien setzte sich auf den Bordstein und wusste nicht, ob er lachen oder weinen sollte. Er blieb sitzen, bis die Leichenwagen seine Pflegeeltern wegbrachten. Keiner sprach ihn an, keiner machte ihn verantwortlich. Er wurde behandelt als wäre er nicht anwesend. Es wurde Abend. Dann begann es zu nieseln. Damien saß einfach nur da und starrte auf die Straße, bis ihm jemand auf die Schulter tippte. Wie im Nebel drehte er sich um und blickte nach oben. Eine Frau mittleren Alters sah zu ihm herab und sagte: „Was machst du hier allein und so spät?"

Damien gab keine Antwort, stand langsam auf und reichte ihr einfach die Hand.

„Komm einmal mit zu mir, ich mach dir etwas zu essen. Dann können wir reden, einverstanden?"

Damien nickte nur und lief einfach mit hängendem Kopf mit.

Nach einer Tasse heißer Schokolade offenbarte Damien der Frau, dass er wohl oder übel seine Pflegeltern auf tragische Weise bei dem Verkehrsunfall verloren hatte.

Die Frau legte ihn in ein richtiges Bett in einem Kinderzimmer, und er schlief sofort ein, nachdem er - wie gewohnt - trotzdem seine Beine so nah wie möglich an den Körper zog.

Am nächsten Morgen ging die Frau, die anscheinend allein lebte, mit ihm zum Jugendamt.

Damien führte sie zu der Sachbearbeiterin, die er mittlerweile schon gut kannte. Als er dir Tür hereinkam, schluckte die arme Frau nur und flüsterte: „Du schon wieder?"

Nachdem Damien ihr die Geschichte mit dem Unfall erzählt hatte, bat die Sachbearbeiterin ihn nach draußen zu gehen, um mit der Frau allein reden zu können.

Damien schloss die Tür und setzte sich auf einen Stuhl im Wartezimmer. Ihm war es völlig egal, wie es weitergehen würde.

‚Denn es kann ja nur besser werden', dachte er. Aber er sollte sich irren!

„Wissen Sie, der Junge hat schon seine leiblichen Eltern und seine ersten Pflegeeltern durch Unfälle verloren. Und jetzt auch das noch", sagte die Sachbearbeiterin.

Die Frau hörte nur stumm zu.

„Bei seinen Eltern hatte er es nicht leicht. Sein Vater war Alkoholiker und seine Mutter drogenabhängig. Die ersten Pflegeeltern behandelten ihn auch nicht gerade anständig. Ich habe so gehofft, dass er es nun endlich gut haben würde. Und jetzt der tragische Unfall.

Das Kind hat Pech an sich kleben! Was soll ich nur mit ihm anstellen? Das Pflegeheim wird ihn nicht nochmal nehmen."

Plötzlich erhob sich die Frau und sagte:

„Ich nehme ihn, machen Sie die Papiere fertig. Wir werden nächste Woche vorbeikommen, wenn es Ihnen recht ist."

Verdutzt antwortete die Angestellte: „Sind Sie sich sicher, Frau...?"

„Thorn, Katherine Thorn".

„Gerne, Frau Thorn! Lassen Sie sich ruhig Zeit, um Damien kennenzulernen. Eigentlich ist er ein sehr netter zurückhaltender Junge."

Die beiden Frauen verabschiedeten sich voneinander.

Frau Thorn trat vor Damien, ging in die Hocke und sagte:

„Damien, du darfst erst einmal bei mir bleiben. Und wenn wir uns verstehen, darfst du vielleicht für immer bei mir bleiben."

Damien spürte sofort die kleine Veränderung in ihrer Stimme, und er ahnte nichts Gutes. Doch was sollte er machen? Er setzte ein leichtes Lächeln auf, nickte, griff die hingereichte Hand und ging mit ihr.

Die ersten beiden Tage waren wirklich schön bei Frau Thorn. Er musste nichts arbeiten, und sie machten viele Kindersachen gemeinsam. Aber das komische Gefühl wollte ihn nicht verlassen.

Er konnte nicht an sein Glück glauben - und am vierten Tag wurden seine Bedenken Realität.

Katherines Mann Robert kam von einer Geschäftsreise zurück. Als er die Wohnung betrat, staunte er nicht schlecht, als er Damien erblickte. Ohne ein weiteres Wort schnappte er seine Frau brutal am Handgelenk und zog sie in die Küche. Die Tür wurde vor Damiens Nase zugeschlagen, und sein Grummeln im Magen wurde stärker. Er blieb vor der Tür stehen und lauschte.

„Was soll der Mist mit dem Jungen? Was hast du dir dabei gedacht?"

„Ich hatte Mitleid mit ihm."

„Du und Mitleid, dass ich nicht lache. Du bist so kalt wie ein Basaltstein!"

„Das war jetzt aber hart."

„Hör auf mit der Scharade, Katherine. Was hast du wirklich mit ihm vor?"

Als Katherine antwortete, musste Damien sein Ohr an die Tür legen, um das Geflüster zu verstehen:

„Du kennst doch Pater Paul? Der würde uns für gewisse Dienste mit dem Jungen eine Stange Geld geben."

Ein langes Schweigen folgte. Damien wäre froh gewesen, er hätte das Gespräch nicht mitgehört.

„Von welcher Summe reden wir denn, Frau?"

„Mittlerer vierstelliger Bereich - und das für jeden Termin!"

„Scheiße, die Kohle könnten wir gut gebrauchen. Wie willst du ihn gefügig machen?"

„Lass das mal meine Sorge sein. Der Bengel hat schon so viel erlebt. Er wird brav sein, und du wirst ihn auch nicht schlagen. Ist das klar, Robert?"

Mehr wollte Damien nicht hören und zog sich leise in das ihm zugewiesene Zimmer zurück.

‚Immerhin werde ich nicht geschlagen und muss nicht arbeiten', dachte er. ‚Mit dem Pastor wird es schon nicht so schlimm werden.'

Wenig später betrat Robert Thorn das Zimmer und forderte ihn auf ihm zu folgen.

Sie aßen schweigend zu Abend. Als er das Geschirr abgeräumt hatte, ging er mit Herrn Thorn in sein Zimmer. Sie setzten sich nebeneinander auf das Bett, und Herr Thorn sagte: „Damien, ich heiße dich herzlich willkommen in unserer Familie. Ich werde oft geschäftlich unterwegs sein, doch Katherine wird sich um dich kümmern. Du musst wissen, sie hat dich schon fest in ihr Herz geschlossen."

Damien schaute ihn mit großen Augen an, nickte und hörte weiter zu: „In zwei Wochen werden wir übers Wochenende auf unserem Campingplatz sein.

Dort wird es auch andere Kinder geben, und ein guter Freund von uns würde dich gerne kennenlernen."

Damien hörte nicht mehr zu. Er nahm noch wahr, dass Herr Thorn ihm den Kopf streichelte, als er das Zimmer verließ.

Die zwei Wochen gingen schnell vorbei. Damien freute sich sogar auf den Ausflug. Alle anderen Gedanken verbannte er tief in den Hintergrund.

Die Thorns besaßen einen großen, fast neuen Wohnwagen auf einem größeren Grundstück am Rande eines Campingplatzes. Am Ende des Grundstückes befand sich ein Erdwall als Schallschutz für die dahinter verlaufende Autobahn. Der erste Tag verlief ziemlich ereignislos und leider ohne die versprochenen anderen Kinder. Am zweiten Tag wurde der Gast zum Mittagessen erwartet.

Herr Thorn bereitete den Grill vor, während Frau Thorn sich um die Salate kümmerte. Beim Herumstreunen entdeckte er in einer Ecke des Grundstückes, zwischen zwei Bäumen versteckt, eine kleine Hütte. Eher ein Gerätehaus. Als Damien ins Innere blicken wollte, stellte er fest, dass die Tür verschlossen war. Achselzuckend ging er zurück und sah von weitem den angekündigten Gast. Als Damien näher kam, fiel ihm sofort der gierige Blick des Paters auf, und er bekam eine Gänsehaut. Nachdem sie gemeinsam gespeist hatten, trat Pater Paul auf Damien zu und sagte:

„Na, Damien! Darf ich dir einmal etwas Großartiges zeigen? Ein Geheimnis sozusagen! Du musst mir versprechen, niemandem etwas davon zu erzählen."

Damien nickte nur und folgte dem Pater zu dem kleinen Gerätehaus, das der Pater mit zittrigen Fingern aufschloss. Er benötigte drei Anläufe, bis er es endlich schaffte.

Dann schnappte er Damien beim Kragen und schob ihn unsanft in die Dunkelheit.

Nachdem sich Damiens Augen an das diffuse Licht gewöhnt hatten, erkannte er eine frisch bezogene Matratze auf dem Boden und mehrere Rollen Küchentücher auf einem provisorischen Nachttisch.

„So, Damien! Setze dich bitte auf die Matratze, dann zeige ich dir etwas Besonderes", sagte der Pater sichtlich erregt.

Damien wartete geduldig. Als er sah, wie sich der Pater die Hosen umständlich öffnete und seinen erigierten Penis hervorholte, wurde ihm schlecht.

„Du wirst deinen neuen Freund hier jetzt gleich mit einem Küsschen begrüßen", stöhnte er und streckte Damien den Penis in Richtung Mund entgegen.

Das war zu viel! Damien flüsterte: „Zeit für ein Endspiel."

Blitzartig sprang er auf und versetzte dem Pfarrer einen Stoß. Verzweifelt versuchte dieser das Gleichgewicht zu halten.

Durch die heruntergezogene Hose missglückte es ihm und er fiel auf die Matratze. Damien sprang zur Tür, riss sie auf und trat ins Freie.

Erleichtert atmete er tief ein! Dann sah er, wie die Thorns laut rufend in seine Richtung liefen. Damien drehte sich um, erklomm den Hügel und wartete, bis der Abstand zu den Thorns sich verringert hatte. Dann überstieg er die Leitplanke und lief mit geschlossenen Augen einfach los.

Er ignorierte die Schreie, das Hupen, das Kreischen der Bremsen und die scheppernden Geräusche um sich herum.

Unbeschadet erreichte er die andere Seite und drehte sich langsam um seine eigene Achse. Wie in Zeitlupe sah er zu, wie ein Lastwagenfahrer die Kontrolle über sein Fahrzeug verlor und sich querstellte. Wenig später begrub er die Thorns unter sich, die noch nicht einmal Zeit hatten, zu schreien.

Dann sah er auf dem Hügel den Pfarrer mit offenem Mund stehen. Beide starrten sich lange in die Augen, bis ein loser Reifen des Lasters den Pfarrer unter sich begrub.

Damien grinste, als er die Blutlache sah, drehte sich um und lief die Autobahn entlang.

Mit einem freudigen Grinsen im Gesicht sagte er:

„Ich Damien, ein Teil von jener Kraft,

die stets das Böse will und stets das Gute schafft…..

Ich bin der Geist, der stets verneint!

Und das mit Recht, denn alles, was entsteht,

ist Wert, dass es zu Grunde geht.

Drum besser wär's, dass nichts entstünde.

So ist denn alles, was ihr Sünde, Zerstörung,

kurz das Böse nennt,

mein eigentliches Element.[1]

Auf zu einem neuen Ziel.

Auf zum nächsten Endspiel.

ENDE

---

[1] Von J. W. v. Goethe aus Faust

MUTPROBE

‚Wo bleibt denn nur Tom heute?', dachte Ben und wunderte sich, dass sein WG-Mitbewohner ausgerechnet heute so spät von der Uni nach Hause kam. Unruhig tigerte er durch die gemeinsame Wohnung und fragte sich ständig, ob Tom und Marc die WhatsApp-Nachricht auch erhalten hatten.

„Endlich", sagte er, als sich die Tür öffnete, und stürmte in den Flur. Er sah schon an Toms Gesichtsausdruck, dass er ahnungslos war. Innerlich freute er sich, der Überbringer sein zu dürfen, was ihn wieder etwas beruhigte.

„Was ist denn los? Du bist so aufgeregt", sagte Tom, der in den elf Monaten, seit sie zusammen wohnten, seinen Freund mittlerweile sehr gut kannte.

„Sieht man mir das wirklich so extrem an?", fragte Ben etwas enttäuscht.

„Ja", lautete Toms knappe Antwort. Dabei zog er seinen Rucksack ab und warf ihn in die Ecke.

Beide liefen in ihr gemeinsames Wohnzimmer. Tom wunderte sich, als er auf dem Glastisch zwei volle Gläser Ramazotti stehen sah. Er setzte sich, sah Ben an und sagte: „Ist irgendwas im Job passiert, oder hast du endlich deine Traumfrau gefunden?"

„Quatsch! Job wie immer, Frauen wie immer. Nein! Wann hast du eigentlich zuletzt auf dein Handy geschaut?", antwortete Ben immer noch aufgeregt.

„Oh, das ist schon länger her. Du weißt ja, ein Vortrag an der Uni jagt den anderen. Viel Stress zurzeit", erwiderte Tom grinsend.

„Ja, ja, du Angeber. Und woher kommt der frische Lippenstift an deinem Kragen?", antwortete Ben.

„Ups, keine Ahnung", sagte Tom lachend und zog sein Handy aus der Hosentasche.

„WhatsApp!", rief Ben. Tom aktivierte die App, nachdem er den Lautlosmodus abgeschaltet hatte.

„Manchmal hasse ich den Scheiß. Fünfzehn Nachrichten - und ich habe es nur für zwei Stunden stumm geschaltet."

„Lese endlich", sagte Ben. Tom scrollte die Absender durch, bis er an einem Bestimmten stockte.

Ben sah an Toms Gesichtsausdruck, dass er die Nachricht gefunden hatte. Na also!

„Hallo Tom, wie sieht es aus? Lust auf eine Mutprobe?", las er laut vor.

Ben sagte: „Wie bei mir. Was antwortest du?"

„Ja, natürlich", erwiderte Tom. Dabei tippte er die zwei Buchstaben in sein Handy.

Prompt kam die Antwort: „Prima! Und als Bonus, weil du so mutig bist, lernen wir uns endlich persönlich kennen. Wie findest du das?"

‚Endlich', dachte Tom und tippte: „Super! Wann - und vor allem, wo?"

„Am nächsten Samstag, um 19 Uhr auf Poveglia", erschien sofort die Antwort.

Tom runzelte die Stirn und sah zu Ben, der nun zu seinem ersehnten Auftritt kam. Ohne abzuwarten, sagte er:

„Poveglia ist eine Insel in der Lagune von Venedig. 345 m lang, 335 m breit, und die höchste Erhebung ist zwei Meter. Die Insel ist unbewohnt. Zwei Gebäude befinden sich noch auf der Insel. Ein ehemaliges Lazarett mit Nebengebäuden und ein Kirchturm."

Ben legte absichtlich eine Pause ein, bevor er weitersprach:

„Die Insel diente im 17. Jahrhundert als Pestinsel. 1799 wurden 31 Matrosen eines spanischen Schiffes dort in Quarantäne gebracht. Alle 31 Matrosen starben, so wie alle Venezianer, die an der Pest erkrankt waren. Es gibt Berichte von Anwohnern aus Malamocco, die immer wieder um Mitternacht 31 Matrosen an der Anlegestelle sahen.

Die Leute behaupteten, die Matrosen würden nach ihrem Schiff suchen und erst zur Ruhe kommen, wenn sie wieder zu Hause wären. Aber es geht noch gruseliger weiter: Als im 18. Jahrhundert das Gelbfieber ausbrach, wurde das Pest-Lazarett für die Gelbfieber-Erkrankten benutzt.

Ab 1814 überließ das Militär die Insel der Gesundheitsbehörde, die ein richtiges Lazarett erbauen ließ. Dann kam die Cholera-Epidemie und 702 Menschen starben in dem Lazarett."

„Wirklich gruselig", unterbrach Tom den Redefluss von Ben, der einfach weiter erzählte: „Danach hat das Gesundheitswesen das Lazarett in eine psychiatrische Anstalt umgewandelt und angeblich Menschenversuche durchgeführt. Vor allem die eigentlich damals schon verbotenen Lobotomie- und Elektroschocktherapien. Man munkelt, dass nur die schlimmsten Fälle dorthin gebracht wurden, und dass kein Patient die Insel je wieder verlassen hat. Klingt wie im Film mit Leo – „Shutter Island."

Ben sah Tom herausfordernd an.

Tom nahm sein Handy und tippte: „Geht klar, wir sehen uns, Bro". Inklusive einem Daumen hoch-Smiley. Dann drehte er das Handy zu Ben und schaute ihn grinsend an.

„Hab schon drei Zimmer in Malamocco gebucht, inklusive einem kleinen Boot für die Überfahrt", kam prompt die Antwort.

„Drei?" fragte Tom.

Ben antwortete: „Marc wird bestimmt die Nachricht auch erhalten haben. Immerhin haben wir Saw666 unsere Freundschaft zu verdanken, schon vergessen?"

„Nein, natürlich nicht. Ist aber schon ein unheimlicher Ort für ein Treffen - oder findest du nicht?"

„Saw666 war von Anfang an unheimlich, alleine schon der Name", erwiderte Ben lachend.

„Stimmt! Aber er hat uns irgendwie zusammengebracht, und neugierig bin ich auf jeden Fall", sagte Tom.

Ben antwortete: „Ich bin gespannt wie ein Flitzebogen."

Als Bens Handy klingelte, zuckten beide erschrocken zusammen.

Ben nahm ab: „Hi, Marc, wie geht's?"

„Habt ihr auch die Nachricht bekommen?"

„Ja! Und - kommst du mit?"

„Würde ich ja gerne. Klingt verlockend. Viele Tote und jede Menge Geistergeschichten. Aber ich kann nicht."

„Warum, denn?"

„Ich mache heute Abend Lisa einen Heiratsantrag."

„Lisa, die Schlampe aus dem Supermarkt?

Oh Marc! Warum immer wieder?"

„Ich kann nix dafür, die Frauen fliegen auf mich.

Doch diesmal ist es die Richtige!"

„Das hast du auch schon bei Paula, Nicole, Rose, und wie hieß die Kleine von der Polizei nochmal, die dich wegen Belästigung im Dienst verhaftet hat, gesagt."

„Ihr wollt meine Freunde sein, ihr Arschlöcher? Ich werde sie fragen. Ihr könnt mich mal". Dann legte Marc auf.

Tom schaute zu Ben, der nickte und sagte:

„Er wird kommen, wetten?"

„20 EURO dagegen", antwortete Tom und beide fingen laut zu lachen an.

Am nächsten Tag schickte Marc eine WhatsApp an Ben:

„Ich komme mit".

Ben antwortete: „Hat sie nein gesagt?"

Gefolgt von mehreren lachenden Smileys.

Ein großer Kackhaufen war die einzige Antwort.

Ben sagte zu Tom: „20 Mäuse, hopp, hopp."

Der Einzige, der ein Auto besaß, war Tom. Daher musste er den Chauffeur spielen. Am Freitagmorgen kam er mit Ben als Beifahrer in Malamocco an.

Sie checkten ein und schliefen erst einmal eine Runde, bevor sie am Abend Marc vom Flughafen Marco Polo in Venedig abholen würden. Marc konnte es sich als Broker nicht leisten, früher zu kommen. Daher flog er direkt von Frankfurt nach Venedig.

Später aßen sie gemeinsam in einer lauen Sommernacht auf der Terrasse des kleinen Hotels zu Abend.

Marcs miese Laune trug dazu bei, dass nicht wie üblich eine ausgelassene Stimmung zwischen ihnen herrschte. Am nächsten Morgen änderte sich die Laune von Marc - und damit auch die seiner Freunde. Gemeinsam gingen sie zum Bootssteg, um sich ihr gebuchtes Boot anzusehen. Ben hatte einen Bootsführerschein und somit keine Probleme, das kleine aber schnittige Motorboot in Empfang zu nehmen. Um spätestens 18 Uhr mussten sie den Hafen verlassen haben. Genau zur richtigen Zeit, also perfekt!

Mit leichten Rucksäcken bepackt, betraten sie um 17 Uhr den Bootssteg und verstauten ihre Sachen in einer Kiste neben dem Außenbordmotor am Heck. Gekonnt legte Ben ab und steuerte aus dem Hafen auf die Insel zu, die sie schon sehen konnten.

Der Kirchturm überragte alle anderen Gebäude. Als sie näher kamen, waren sie erstaunt, in welch gutem Zustand sich alles befand.

„Nass werden wir jedenfalls nicht werden. Die Dächer sind fast alle noch intakt", sagte Tom.

Ben erwiderte: „Und wenn wir Glück haben, können wir in einem Pest-, Gelbfieber-, Cholera- oder Irrenbett schlafen, in dem jemand gestorben ist."

„Ihr seid geschmacklos", antwortete Marc lachend.

„Wo ist denn hier der Steg?" fragte Ben.

Tom zeigte auf den Kanal und sagte: „Fahr einmal da zwischen rein. In Google Maps ist der Steg an dem großen Gebäude links neben dem Kirchturm abgebildet."

„Da ist er. Unser Freund Saw666 scheint schon da zu sein", sagte Marc, und zeigte auf das motorisierte Schlauchboot, das am Steg festgebunden war.

Nachdem Ben angelegt und den Knoten des Taues von Tom überprüft hatte, ging er als letzter von Bord.

„Kapitän von Bord", rief Tom. Alle drei bekamen einen Lachanfall, der vom Donner eines nahenden Gewitters jäh unterbrochen wurde.

Ben ging nochmal zurück und beförderte eine zusätzliche Tasche aus einer Box, warf sie Marc zu und sagte:

„Proviant und Taschenlampen, ihr Loser. Daran habt ihr bestimmt nicht gedacht!"

„Wir haben doch dich", antwortete Tom, und Marc nickte grinsend.

„Dann wollen wir mal unseren Freund suchen gehen", sagte Ben und übernahm die Führung.

Gemeinsam liefen sie am Wasser entlang, links auf das etwas kleinere Gebäude zu, das von Nahem stabiler aussah, als das große Haus vor ihnen.

Am Eingangsportal blieben sie stehen. Tom übernahm das Vorlesen der Inschrift. Als Latein-Studierender und angehender Arzt war das für ihn kein Problem.

„In Gedenken an die Toten von Poveglia", las er vor. Dann stutzte er und zeigte mit dem Finger auf eine Stelle. Als seine Freunde der Richtung des Fingers folgten, bekamen sie eine Gänsehaut.

„Herzlich Willkommen, Tom, Marc und Ben", stand dort frisch in das schwere Holz des Türflügels eingeritzt.

„OK, der Name Saw666 scheint Programm zu sein", sagte Tom und keiner widersprach ihm.

Marc öffnete die Tür und hätte sich am liebsten die Ohren zugehalten, so laut kreischten die Scharniere. Nacheinander betraten sie den Raum. Ein diffuses Licht umgab sie. Marc verlangsamte seine Schrittgeschwindigkeit, und Tom lief ihm in die Hacken.

„Pass doch auf, du Arsch", fluchte Marc gereizt. Tom hauchte eine flüchtige Entschuldigung. Erschreckt von Bens spitzem Aufschrei blickten die beiden nach vorne und sprangen blitzartig zur Seite. Gerade noch rechtzeitig, da ein leerer Rollstuhl auf wackeligen Rädern an ihnen vorbei fuhr und erst am Türflügel scheppernd zum Stillstand kam. Mit Entsetzen schauten sie dabei zu, wie der alte Rollstuhl in seine Einzelteile zerfiel.

„Scheiße, ich hab mir fast in die Hosen gemacht", stammelte Ben. Tom antwortete: „Kommt, lasst uns die Lampen herausholen und unseren Spaßvogel finden, damit wir ihm die Leviten lesen können."

Gemeinsam gingen sie in die Richtung, aus der der Rollstuhl gekommen war. Auf beiden Seiten befanden sich unzählige Türen. Ben war sich sicher, hinter jeder Tür Gesprächsfetzen zu hören. Hinter einer sogar spanische, und seine Gänsehaut endete überhaupt nicht mehr!

Er wusste nicht, dass es Marc und Tom genauso erging. Nur ließen sie es sich nicht anmerken. Der Flur endete an einer Treppe. Das Schlagen einer Tür bewegte sie dazu, nach oben zu gehen. Durch die blinden Fenster konnten sie nicht erkennen, dass sich draußen ein Sturm zusammenbraute. Doch durch das immer lauter werdende Pfeifen des Windes konnten sie es erahnen. Am Ende des Ganges schlug die Tür unnachgiebig immer wieder gegen die Wand, als plötzlich ein Blitz die Szene erhellte.

Diesmal schrien alle drei gleichzeitig, als sie das Wesen am Ende des Flures erblickten.

„Ich bin dann mal weg, Freunde", flüsterte Ben.

Als er sich umdrehte, schlug das Tor, durch das sie eben unbewusst gingen, vor seiner Nase zu und ein grollender Donner erklang.

„Scheiße, ich habe mir in die Hosen gepinkelt!", stammelte Ben.

Tom beruhigte ihn: „Ist doch nur der Wind. Schau mal dort! Im Schein der Taschenlampe entpuppt sich das Gespenst als Kleiderfetzen, die vom Wind hochgewirbelt wurden."

Marc schien von allen am Unbeeindrucktesten zu sein.

Er rief: „Hey, Saw666! Netter Versuch, aber wir sind keine Feiglinge! Wo steckst du?"

Schlagartig hörte die Tür auf, gegen die Wand zu schlagen. Nach einem weiteren Blitz trabte er einfach los. Widerwillig folgten ihm Tom und Ben bis zur letzten Tür. Alle blickten vorsichtig in den Raum. Marc begann zu lachen, während Ben und Tom eine weitere Gänsehaut über den Rücken lief.

„Dankeschön für den freundlichen Empfang", sagte Marc lachend und lief auf den gedeckten Tisch zu. Tom musste Ben an die Hand nehmen, erst dann betrat dieser den Raum. Staunend standen sie an einem wackeligen Tisch, um den vier Stühle standen.

Tom flüsterte: „Der kennt uns aber gut!"

„Genau, Hähnchen für dich, Fisch für Ben und Roastbeef für mich. Dazu für jeden sein Lieblingsgetränk", erwiderte Marc und griff nach dem vollen Rotweinglas. Nach einem prüfenden Schluck sagte er: „Trocken genug, perfekt. Dankeschön!"

Dann schaute er sich das vierte Gedeck genauer an. Eindeutig ein vegetarischer Teller. Irgendwie kam ihm die Zusammenstellung bekannt vor, doch er konnte sie nicht zuordnen.

Ein weiterer Blitz, mit sofort nachfolgendem Donner, riss ihn aus seinen Gedanken.

Als plötzlich die Kirchenglocken schlugen, bekam auch er ein mulmiges Gefühl.

Dann passierte alles auf einmal!

Zuerst stürzte der Kronleuchter von der Decke und begrub den Tisch unter sich. Danach begann ein unglaubliches Blitzgewitter, mit ständig anhaltendem Donner. Das war für Ben zu viel, er drehte sich um und lief schreiend davon. Tom wollte ihm folgen. Doch er wurde von etwas getroffen und rutschte in eine Ecke, an der sich plötzlich eine Klappe auftat, durch die er schreiend verschwand.

Marc war alleine, und ihm war gar nicht mehr wohl in seiner Haut, als er stampfende Schritte vernahm, die auf ihn zukamen. Im Schein seiner Taschenlampe konnte er im letzten Moment den Baseballschläger erkennen, aber zu einer Reaktion reichte es nicht mehr. Als der Schmerz im linken Knie sein Gehirn erreichte, schrie er ihn mit Leibeskräften heraus.

‚Ausgerechnet mein linkes Knie', dachte er, bis ihm eine weitere Schmerzwelle die Sinne raubte und er ohnmächtig zu Boden fiel.

Ben rannte immer noch schreiend den Gang entlang, auf das große Portal vor der Treppe zu. Immer, als er an einer Tür vorbeilief, flog diese auf und knallte lautstark an die Wand. ‚Gott sei Dank! Sie ist offen', dachte er, als er sich dem Portal näherte und sah, dass sie einen Spalt breit geöffnet war.

Dann registrierte er, dass die Türklinke auf dem Boden lag. Doch er dachte sich nichts dabei und griff mit der rechten Hand an das Türblatt, um es aufzustoßen. Genau in diesem Moment wurde die Tür mit voller Wucht zugeschlagen. Ben, total überrascht, bemerkte zuerst gar nicht, dass sich seine Hand zwischen dem Türblatt und dem Türrahmen befand. Durch das Adrenalin in seinem Körper dauerte es lange, bis der unvermeidliche Schmerz in seinem Schädel ankam. Die Tür gab etwas nach. Ben sackte langsam zu Boden, und erst, als er seine blutende, zermatschte Hand mit eigenen Augen sah, begriff er, was gerade passiert war.

Wimmernd lag er am Boden und betrachtete immer noch ungläubig seine zertrümmerte Hand, bis ihn eine Stiefelspitze brutal ins Reich der Träume schickte.

Tom rutschte schreiend durch einen dunklen Schacht, der mit einem Sturz aus zwei Metern Höhe abrupt endete. Als Drachenflieger war er geübt im Stürzen und konnte die Energie größtenteils mit den Beinen auffangen. Nachdem er sich gefangen hatte, richtete er sich langsam auf.

Es war stockdunkel! Als plötzlich ein Licht erschien, drehte er sich in dessen Richtung und sah nicht, wie im selben Moment ein schwerer Holzpflock sich seiner Schulter näherte. Das Krachen der Knochen übertraf das Donnern des Gewitters. Der Schrei danach übertraf alle anderen Geräusche auf der Insel! Tom war nicht mehr in der Lage, zu denken und bekam auch nicht mehr mit, wie er zu Boden ging. Er sah auch nicht die schweren Stiefel, die auf ihn zukamen und nahm nicht wahr, wie sich eine Hand um seinen Knöchel legte und ihn mit sich zog.

Marc wachte zuerst auf. Er schaute sich um und erfasste seine Situation. Er lag in einem altertümlichen Krankenbett, mit Gurten gefesselt. Sein Knie war notdürftig mit einem Verband versorgt, und er spürte fast keine Schmerzen. ‚Schmerzmittel', dachte er.

Dann entdeckte er neben sich zwei Behälter, die an einem Stativ hingen. Er verfolgte beide Schläuche, die - wie er sich dachte - in einer Kanüle an seiner Hand endeten.

„Scheiße", presste er zwischen zusammengebissenen Zähnen hervor und vernahm ein Stöhnen neben sich. Seine Augen wechselten von Nah- auf Fernsicht, und er erkannte Ben neben sich, der gerade zu sich kam. Daneben lag Tom. Sie waren auch gefesselt und ebenfalls mit zwei Behältern verbunden. Als Ben seine Lage erkannte, fing er hemmungslos zu weinen an, während Tom nur stumm auf ihn blickte. Als er aber die Utensilien auf dem Regal gegenüber erfasste, stieß er einen Schrei aus, und seine Freunde folgten seinem angsterfüllten Blick.

Auf dem Regal befanden sich Astschneider in verschiedenen Größen, eine Axt, ein Brecheisen, ein Baseballschläger, Messer in allen Größen und Varianten, sowie mehrere Skalpelle und eine Knochensäge. Ben heulte noch lauter, bis der Klang einer anspringenden Motorkettensäge ihre Köpfe zur Tür rissen. Das Geräusch wurde immer lauter, und die Tür öffnete sich! Die Schneide der Säge ragte in das Zimmer, und ihr Bediener ließ den Motor ständig aufheulen.

Dann erschien eine Gestalt, gehüllt in einen OP-Anzug mit Haube und Maske. Ganz langsam lief die Person auf Tom zu, der am ganzen Körper zu zittern begann. Die Motorsäge kam immer näher und stoppte erst wenige Millimeter vor seinem Hals. Tom, der mittlerweile alle Körperflüssigkeiten von sich gegeben hatte, schloss die Augen und wartete auf sein Ende, doch die Säge veränderte die Position.

Als er sich traute, seine Augen wieder zu öffnen, sah er, wie sich die Person Ben zuwandte und dasselbe schaurige Schauspiel durchführte.

Zuletzt war Marc an der Reihe, der verzweifelt die Fassung zu wahren versuchte. Doch auch er war nicht in der Lage, seiner Blase Einhalt zu gebieten. Die Person schaltete die Kettensäge ab, und nur noch das Wimmern von Ben war zu hören. Das Unwetter war weitergezogen, und die wenigen Blitze erhellten das Zimmer immer wieder. Der Unbekannte legte die Kettensäge in das Regal und entnahm eine große Astschere, schüttelte aber den Kopf und legte sie wieder vorsichtig zurück. Dann drehte er sich um und nahm auf einem Stuhl Platz, der genau vor dem Fußende von Bens Bett stand.

Langsam nahm er zuerst die Haube ab - und lange blonde Haare fielen auf die Schultern! Als sie den Mundschutz ablegte und ihre drei Opfer grinsend anblickte, ergötzte sie sich an deren Erkenntnis ihrer Person.

Marc war der Erste, der stammelte: „Lucy?"

„Woher kennst du Lucy?", flüsterte Tom.

Jetzt erst öffnete Ben seine Augen und schrie: „Lucy", als er sie erkannte.

„Ja, ihr drei Helden, ich bin es. Und eure Eitelkeit hat es nicht erlaubt zu erkennen, was ihr gemeinsam habt."

„Aber Lucy, warum? Ich habe dir doch nichts getan", stammelte Tom weinerlich.

Lucy stand auf, zog langsam den OP-Kittel aus und lief in Schwesterntracht auf Tom zu. Sie beugte sich bewusst über ihn, damit er ihr genau in den Ausschnitt schauen konnte.

„Siehst du die zwei Süßen, in die du so verliebt warst, als du mit gebrochener Schulter im Klinikum in Garmisch lagst. Alle Wünsche habe ich dir erfüllt, auch im Bett. Und was war der Dank: Du bist einfach abgehauen und hast mich sitzenlassen, du Schwein."

Sie verpasste ihm eine schallende Ohrfeige und wandte sich an Ben, der sofort die Augen schloss und um Gnade winselte.

„Unser Sensibelchen, Ben. Nachdem deine Hand geheilt war, bist du bei mir eingezogen. Hast mir das Blaue vom Himmel versprochen, und eines Morgens warst du einfach nicht mehr da. Dass du mir das Herz gebrochen hast, war dir wohl scheißegal. Keine Angst, Weichei. Du bekommst keine Ohrfeige."

Gerade als Ben erleichtert aufatmete, verpasste sie ihm einen Schlag in seinen Bauch, dass ihm die Luft weg blieb.

Japsend rang er nach Luft. Als er die Augen wieder öffnete, starrte ihn Lucy nur wenige Zentimeter vor seiner Nasenspitze fröhlich grinsend an.

„Lucy, Schatz, ich kann dir alles erklären", stammelte Marc.

Lucy ließ sich viel Zeit, um zu ihm zu gehen.

Gerade als er anfangen wollte, unterbrach sie ihn mit einem kräftigen Schlag gegen seine Stirn. Marcs Schmerzen kamen schlagartig zurück. Er stöhnte auf.

Lucy stellte sich vor ihn hin und riss sich ihren Kittel vom Leib. Nur im Schlüpfer, schrie sie mit Schaum vor dem lippenstiftverschmierten Mund: „Du Dreckschwein hättest das alles hier haben können! Aber nein! Nachdem ich es ermöglichte, mit dir im OP zu vögeln, trotz deiner Knieschmerzen. Deine Kur habe ich manipuliert, damit du sie in der Klinik machen konntest.

Ich schwebte im siebten Himmel, stellte mir schon vor, im Brautkleid vor den Altar zu treten. Dann hast du dich zwei Tage vor dem Ende der Kur freiwillig entlassen. Mehr als deinen Verlobungsring hast du nicht zurückgelassen."

Langsam öffnete sie ihre linke Hand und zeigte ihm den Ring. Ehe sich Marc versah, landete er in seinem Mund, und ein Schlag in den Bauch zwang ihn, den Ring hinunter zu schlucken. Lucys Lachen übertönte sein verzweifeltes Röcheln.

Lucy flüsterte gefährlich: „Na na, wer wird denn wegen so einem Kleinod sterben wollen?"

Sie richtete sich wieder auf und lief zurück zum Stuhl. Sie drehte die Lehne um 180 Grad und stellte einen Fuß auf den Stuhl. Langsam blickte sie mit bösartigen Augen von Tom zu Ben und dann wieder zu Marc.

Dann änderte sie die Tonart und fragte freundlich, mit einem Lächeln auf den Lippen: „Wer möchte von euch zuerst sterben?"

Ein kollektives Aufstöhnen war für sie Antwort genug.

Sie lief zuerst zu Tom.

„Du hast mir am wenigsten wehgetan", flüsterte sie, und wippte mit ihren Brüsten lustvoll, ehe sie fortfuhr: „Aber der Sex mit dir war echt geil, deshalb werde ich dich zuerst erlösen. Siehst du die beiden Flüssigkeiten?"

Tom nickte nur und ergab sich tapfer in sein nun folgendes Schicksal.

„Die weiße Flüssigkeit ist ein Schmerzmittel, die blaue ein langsam wirkendes Nervengift. Jetzt betätige ich die Weiche von Weiß nach Blau. Leb wohl, geliebter Tom!" Gnadenlos betätigte sie die Weiche, bis die blaue Flüssigkeit tröpfchenweise in Toms Körper eindrang.

Ben begann zu wimmern und zu flehen. Er ließ nichts unversucht, doch Lucy legte auch seinen Schalter um und lief wortlos zu Marc, der sie mit großen Augen anglotzte.

„Du Schlampe warst es nicht wert", krächzte er aus seiner trockenen Kehle. Lucy antwortete ruhig und gelassen, aber laut genug, dass die anderen jedes Wort verstanden:

„Marc, deine neue Freundin hat nein gesagt, weil ich sie angerufen habe. Und übrigens: Du hast den kleinsten Pimmel von allen und warst mit Abstand der schlechteste Liebhaber, den ich je hatte."

Nachdem sie Marcs Weiche umgestellt hatte, lief sie wieder zu ihrem Stuhl, setzte sich breitbeinig darauf und sagte mit einem Lächeln: „Und nun werde ich euch beim Sterben zusehen, meine lieben Ex-Freunde."

Drei Tage später meldeten der Hotelier und der Bootsbesitzer das Verschwinden der drei deutschen Urlauber. Am vierten Tag entdeckte ein Patrouillenboot der Küstenwache das verschollene Boot am Steg von Poveglia und legte an. Ein Polizist stieg aus, um nach dem Rechten zu sehen. Ein Schwarm Tauben, der sich massenhaft an einem der offenen Fenster im ersten Stock tummelte, wies ihm unverkennbar den Weg. Den Anblick der drei Leichen würde der italienische Polizist wohl nie in seinem Leben vergessen. Die Behörden entschieden, den Fall unter den Teppich zu kehren und meldeten drei ertrunkene tote Touristen durch einen Bootsunfall. Am Tag darauf entbrannte ein Feuer auf der Insel und vernichtete alle Beweise, inklusive der unberührten Leichen. Nichts blieb davon übrig. Nur die Bilder im Kopf des Polizisten, der sich wenige Tage später selbst das Leben nahm.

Zwei Monate später erschien eine Todesanzeige im Garmisch-Partenkirchener Kreisboten:

„Wir trauern um Schwester Lucy, die immer eine zuverlässige Mitarbeiterin unserer Klinik war. Aus uns unbekannten Gründen hat sie sich das Leben genommen."

Niemand interessierte sich für den Zettel, der auf dem Boden neben dem umgeworfenen Hocker lag. Jeder schaute nur auf die baumelnde Leiche, die im Gebälk ihrer Wohnung hing.

„Ich will für immer bei euch sein, Tom, Ben und Marc.
Eure Schwester Lucy."

ENDE

WARUM

Thomas war stinksauer und bog mit quietschenden Reifen auf den Great Basin Highway 93 ab. Diana saß stumm neben ihm und traute sich nicht, einen angemessenen Kommentar abzugeben. Die Luft zwischen ihnen brannte lichterloh. Sie hatte gelernt, ihn besser in Ruhe zu lassen, wenn er so sauer war.

‚Sonst bin noch ich schuld an allem', dachte sie und versuchte, die Augen zu schließen.

„Warum hast du mich nicht gewarnt, du blödes Weibsstück? Du hast es doch bestimmt kommen sehen, verdammte Scheiße", fluchte er.

Diana blieb stumm. Thomas fluchte ununterbrochen weiter, während sie nur an ihr Ziel dachte. Sie waren mehr oder weniger aus Las Vegas geflüchtet, nachdem Thomas sehr viel Geld beim Poker verloren hatte und sie aus dem Casino geworfen wurden, nachdem ihr Gatte handgreiflich wurde. Thomas war kein guter Spieler, das wusste sie. Und er war auch kein guter Verlierer.

‚Schlechte Konstellation für Vegas', dachte sie und schwieg weiter. Sie waren unterwegs zu Thomas' Bruder Karl, der eine kleine Pension in Alamo führte.

Vor ihrem inneren Auge sah sie schon das Bett vor sich, als plötzlich der Wagen ins Schleudern geriet.

Erschrocken riss sie die Augen auf und sah, wie Thomas mit viel Mühe den Wagen wieder unter Kontrolle brachte.

„Scheiß Sand", fluchte Thomas, als Ausrede für seinen aggressiven Fahrstil.

Wieder einmal dachte Diana: ‚Warum habe ich den Typ nur geheiratet?'

Sie passierten den Coyote Springs Golf Club, und sie wusste, dass auf ihrem weiteren Weg außer Wüste nichts mehr kommen würde. Der Western Elite Landfillpark war zurzeit geschlossen, es war 10:30 PM, und in der Wüste Nevadas um die Uhrzeit stockdunkel.

Diana wollte gerade die Augen wieder schließen, als sie das Geräusch zum ersten Mal hörte. Sie öffnete ihre Augen und blickte zu Thomas, der anscheinend das Geräusch ebenfalls gehört hatte.

Er hörte auf zu fluchen und drosselte die Geschwindigkeit.

„Die Temperatur ist zu hoch. Wahrscheinlich kocht der Kühler - und kein Wasser dabei. Scheiße!", sagte Thomas. ‚Immerhin nicht mehr so aggressiv', dachte Diana.

Laut sagte sie: „Was jetzt?"

„Den Park werden wir nicht mehr erreichen", erwiderte Thomas und brachte den Ford am Straßenrand zum Stehen.

Er stieg aus und umrundete den Wagen. Außer den Motorgeräuschen war kein Laut zu hören, und Thomas kickte vor Zorn einen Stein in die Wüste. Es war so dunkel, dass er die Flugbahn des Steines nicht verfolgen konnte.

Er zog sein Handy aus der Tasche und wählte Karls Rufnummer. Nach dem fünften Versuch trat er mit voller Wucht an den Vorderreifen und rief: „Wenn man das Arschloch mal wirklich braucht, geht er nicht ran. Wahrscheinlich vögelt er gerade seine Putzfrau. Kein Wunder, dass Ute ihn verlassen hat, den Nichtsnutz."

Diana schüttelte den Kopf und erkannte plötzlich unweit eine kleine Ansammlung von Lichtern.

‚Die waren doch eben noch nicht da, oder?' überlegte sie. Dann schob sie den Gedanken zur Seite und rief: „Thomas, schau mal dort, die Lichter! Da bekommen wir bestimmt Wasser."

Immer noch fluchend schaute er in die besagte Richtung, grunzte etwas und stieg wieder ein. Keine fünf Meter weiter bog ein Weg nach rechts in die Berge ab. Das Wort Weg für die vorhandene Wüstenspur war mehr als gnädig.

Der Zustand war unter aller Sau, und Thomas begann wieder zu fluchen. Dieses Mal aber hatte er Angst um sein Auto.

Diana verdrehte die Augen und konzentrierte sich auf die Lichter, die immer näher kamen. Gerade als sie dachte, sie würden die Lichter nie erreichen, erschien im Lichtkegel eine Hauswand, dann eine Bank.

Thomas bremste, als auch er die zwei Personen auf der Bank sah, und atmete erleichtert auf.

„Ich geh mit. Muss mal", sagte sie. Thomas nickte nur. Gemeinsam liefen sie auf die Bank zu, auf der zwei Personen mit dem Rücken zu ihnen saßen. Trotz lautem Rufen bewegten sie sich nicht. Thomas hatte so geparkt, dass die Scheinwerfer zu dem Haus leuchteten und die Bank daher etwas im Dunklen lag. Als Diana zuerst die Bank umrundete, stieß sie einen spitzen Schrei aus.

„Das sind ja Strohpuppen", sagte Thomas lachend und lief weiter zu dem Haus. Diana folgte ihm zögerlich und dachte: ‚Wer macht denn so etwas Bescheuertes'?

Thomas klopfte, da keine Klingel vorhanden war. Doch niemand öffnete ihm. „Heute klappt ja gar nix! Was für ein Tag! Einfach zum Kotzen", sagte Thomas.

„Schau mal, da ist eine Tankstelle", sagte Diana und zeigte mit dem Finger auf einen Punkt, der hell erleuchtet war.

„Da fahren wir hin, komm", antwortete Thomas und ging die Stufen hinunter zum Auto. Als Diana eingestiegen war, steuerte Thomas den Wagen in Richtung Tankstelle.

Erleichtert fuhr er zu den Zapfsäulen und stellte den Motor ab. Diana schaute zu dem beleuchteten Kassenhäuschen und stieß wieder einen spitzen Schrei aus!

Thomas Kopf fuhr herum, und auch er musste erst einmal schlucken, als er dasselbe wie Diana sah.

„Wer bastelt so große Strohpuppen und zieht sie mit Klamotten an, dass man meint, es wären Menschen"? flüsterte Diana.

Thomas ergänzte: „Krank ist das, aber wirklich!"

Er stieg aus, obwohl ihm nicht wohl war in seiner Haut. Natürlich kam kein Wasser aus dem Hahn, und Benzin gab es auch nicht. Enttäuscht ging er zum Auto zurück, stieg ein, startete den Wagen und erblasste. Der Ford gab keinen Mucks mehr von sich.

„Scheiße", schrie Thomas und schlug so oft auf das Lenkrad, dass seine Hand blutete.

Widerwillig stiegen sie aus und schauten sich um. Außer dem Heulen eines Coyoten war kein Laut zu hören. Thomas zeigte stumm auf das schwach beleuchtete Haus gegenüber der Tankstelle, und beide setzten sich in Bewegung.

Diana sah zwei spielende Kinder am Straßenrand und bekam sofort eine Gänsehaut, als sie erkannte, dass es sich ebenfalls um Strohpuppen in Kinderkleidern handelte.

Die Tür stand offen und leise Musik erklang, als sie eintraten. Thomas lief durch den Flur und stand unvermittelt im Esszimmer. Als Diana eintrat, schlug sie ihre Hände vor den Mund und begann am ganzen Körper zu zittern.

Am gedeckten Tisch saßen vier Strohpuppen. Thomas umrundete den Tisch langsam, mit offenem Mund. Anhand der Kleider erkannte er einen Mann, eine Frau, eine Großmutter und einen etwa zehnjährigen Jungen. Der Tisch war eingedeckt, als würden sie auf das bevorstehende Essen warten.

‚Keine Augen! Die Puppen haben alle keine Augen! Warum nur'? dachte er. Dann streckte er den Kopf in die Küche und sah einen Truthahn im Backofen. Kopfschüttelnd zog er die Klappe auf, um sie ganz schnell wieder angewidert zu schließen. Der Truthahn hatte schon bessere Tage erlebt!

„Immerhin ein echter", flüsterte Thomas und verzog das Gesicht. Der Geruch von verfaultem Fleisch lag in der Luft.

Er stellte sich vor den Backofen, um Diana den Anblick der tausend Maden, die sich über das ehemalige Fleisch hermachten, zu ersparen. Da sie ihm nicht folgte, begab er sich wieder in das Esszimmer und schaltete das Radio aus.

Plötzlich hörten sie lautes Kinderlachen.

Nun lief auch Thomas ein kalter Schauer über den Rücken. Er zog Diana mit sich aus dem Haus hinaus, in die Richtung, aus der das Kinderlachen zu hören war.

„Es müssen mehrere Kinder sein", raunte Diana.

Widerwillig ließ sie sich von Thomas mitziehen.

„Da in der Lagerhalle ist das Licht am hellsten! Von dort kommen auch die Geräusche", sagte Thomas und zerrte sie mit sich. Als er die Seitentür der Halle öffnete, wurde es schlagartig still!

Diana blieb stocksteif stehen und rührte sich keinen Meter mehr weiter.

„Ich will zurück zum Auto, sofort", stammelte sie.

Doch Thomas hatte die Tür schon geöffnet und schubste sie unsanft hinein.

Er musste Diana gewaltsam festhalten, die versuchte, schreiend und fluchtartig den Lagerraum zu verlassen. Mit aller Kraftanstrengung konnte er sie an der Flucht hindern und betrat selbst die Halle.

Dann sah er, was sie schon gesehen hatte! Sein Unterkiefer klappte nach unten und seine Augen konnten sich gerade noch in den Höhlen halten. Langsam blickte er sich um. Sein Gehirn konnte nicht glauben, was er sah.

Diana schluchzte nur noch und zitterte am ganzen Körper in der hell erleuchteten Halle. Sie registrierte nicht, dass die Tür ins Schloss fiel. Vor ihnen lag ein zwei Meter breiter Weg, der zur anderen Seite führte. Die restliche Fläche der Halle war mit Zinkbadewannen gefüllt. Mehr als einhundert Stück, in Reih und Glied fein säuberlich auf ihren Messingfüßen aufgestellt.

Als Thomas in die Wanne schaute, die neben ihm stand, war er für einen Moment nicht in der Lage zu atmen, während Diana die Augen geschlossen hatte und sich krampfhaft an ihm festklammerte.

In jeder Wanne lag eine Babystrohpuppe, nur mit einer Windel bekleidet. Diese Puppen hatten allerdings geschlossene Augenlider.

Das alles nahm er in weniger als einer Sekunde wahr, obwohl er das Gefühl hatte, schon seit mehr als einer Stunde dort zu stehen.

Sein Verstand versuchte gleichzeitig zu verstehen, was er sah und überlegte, was er als nächstes tun sollte.

Instinktiv griff er zur Tür, durch die sie gerade gekommen waren. Doch die Tür war verschlossen! Ein Fluch kam über seine zitternden Lippen. Er setzte sich langsam in Bewegung, um zur Tür auf der anderen Hallenseite zu kommen.

Diana zog er mit sich. Als sie die Mitte der Halle erreicht hatten, erklang ein Schuss - und das Licht erlosch. Thomas umklammerte Diana. Gemeinsam schrien sie ihre Angst hinaus. Als das Licht wieder anging und sich ihre Augen an die Helligkeit gewöhnt hatten, konnte sein Gehirn nicht begreifen, was er sah. Alle Babypuppen standen in ihren Wannen und starrten sie mit toten Augen an!

Er war nicht in der Lage Diana festzuhalten, die sich schreiend - dem Wahnsinn nahe - losriss und auf die Tür zu rannte. Wie in Trance blickte er Diana hinterher und zuckte kurz zusammen, als die Tür sich mit einem lauten Knall nach innen öffnete. Diana hatte keine Chance! Sie wurde von der Tür getroffen, klatschte mit voller Wucht gegen die Wand und verschwand in einem Loch.

Diana war von der Aktion so überrascht, dass sie nicht mehr in der Lage war zu schreien. Thomas konnte hören, dass ihre Knochen bei dem heftigen Aufprall brachen. Ihm war sofort bewusst, dass sie den Sturz nicht überlebt hatte!

Währenddessen hatte er nicht bemerkt, dass sich eine Schlinge um seine Füße zog. Ehe er sich versah, hing er Sekundenbruchteile später kopfüber in der Halle. Panisch versuchte er, sich zu befreien und schwang dabei hin und her.

Als er sah, dass die Puppenaugen jeder seiner Bewegungen folgten, fing er wieder zu schreien an. Er verstummte erst, als er laute Schritte hörte. Dann sah er das Unglaubliche - sein Schrei erlosch! Eine Strohpuppe in einer weißen Hose und einem Arztkittel trat durch die Tür, die Diana zum Verhängnis wurde. Die Puppe - oder war es ein Mann und seine Nerven spielten ihm einen Streich? - trug ein Stethoskop um den Hals und hatte Gummihandschuhe an den Händen.

Als Thomas die riesige Spritze sah, begann er wieder zu schreien und sich wild zu bewegen. Wenig später wurde er festgehalten, und das Schwingen hörte auf.

Mit weit geöffneten Augen verfolgte er, wie sich die Spritze in seinen Brustkorb bohrte. Thomas' Bewegungen wurden immer langsamer. Als er ausgependelt war, starrte er genau auf den Kopf seines Mörders. Mit letzter Kraft flüsterte er: „Warum?"

Aber sein Gegenüber antwortete nicht.

‚Eine Puppe kann nicht sprechen', waren seine letzten Gedanken. Dann hörte sein Herz auf zu schlagen.

„Scheiße", sagte Karl, als der Inhalt der umgeworfenen Coladose über seine Hosen lief.

„Jetzt schlaf ich schon bei Horrorfilmen ein. Das gibt's doch gar nicht."

Dann sah er auf die Uhr und fluchte: „Schon 4 Uhr, und Thomas ist noch nicht da." Dann schaute er auf sein Handy. Fünf Anrufe in Abwesenheit: ‚Thomas'.

Schnell schüttelte er den Restschlaf aus seinen Knochen und drückte die Rückruftaste. Nach dem fünften Versuch gab er auf und flüsterte: „Den beiden wird doch hoffentlich nichts passiert sein!"

Er aktivierte die Handy-Ortungs-App, schnappte sich die Wagenschlüssel und lief auf die Straße zu seinem Auto.

Er steckte das Handy in die Halterung, und ohne weiteres Nachdenken fuhr er los. Nach einer Stunde erreichte er die Stelle, an der Thomas die Straße verlassen hatte.

‚Warum nur'?, dachte er und bog auf den schlechten Wüstenweg ab.

Nach fünfzehn Minuten sah er im Morgengrauen ein Gebäude, an dem der Weg vorbei führte.

‚Was machen die zwei so früh schon auf der Bank'?, dachte er noch und hupte.

Doch die zwei Personen, die mit dem Rücken zu ihm saßen, erschraken nicht.

‚Die werden das Auto gehört haben', überlegte er.

Dann fuhr er weiter.

Wenig später erreichte er eine Tankstelle. Als er näher kam, erkannte er Thomas' Auto. So wie es aussah, saßen beide im Auto.

Karl atmete erleichtert auf. Er stellte sich hinter den Wagen, stieg aus und rief: „Was soll das, ihr zwei? Ihr habt mich ganz…" Mitten im Satz brach er ab. Fassungslos starrte er auf die zwei Strohpuppen, die mit Thomas' und Dianas Klamotten bekleidet waren und hinter dem Steuer saßen.

Er blickte sich panisch um und sah den Tankwart und die Kinder, ebenfalls aus Stroh.

Sein Blutdruck stieg! Im fiel ein, dass er seine Tabletten vergessen hatte.

„Scheiße, was geht hier vor"? sagte er.

Plötzlich hörte er Motorengeräusche!

Ein Polizeiauto bog zur Tankstelle ab und parkte hinter seinem Wagen. Der Fahrer stellte den Motor ab.

Karl atmete erleichtert auf und ging auf den Officer zu, der gerade ausstieg.

Als Karl den Polizeiwagen erreicht hatte, blickte er in ein freundliches Augenpaar.

„Gut, dass Sie da sind! Meine Freunde sind verschwunden, und irgendein Verrückter hat den Strohpuppen ihre Klamotten angezogen".

Dabei drehte er sich um und zeigte auf den Wagen.

Plötzlich bekam er einen Schlag mit einem Knüppel, direkt in seine Kniekehlen, und ging schreiend zu Boden. Von den Schmerzen benebelt, konnte er sich nicht wehren, als ihm auf dem Rücken Handschellen angelegt wurden.

„Was geht hier vor"? stammelte er überrascht.

Als Antwort bekam er einen Schlag auf den Kopf und wurde bewusstlos.

Als Karl erwachte, konnte er sich nicht bewegen.

Voller Panik öffnete er seine Augen - und was er sah, trug nicht zu seiner Beruhigung bei!

Er befand sich in einer Gefängniszelle. Vor der Zelle stand der Officer und grinste ihn an. In der Hand hielt er eine Strohpuppe, die seine Kleider trug und keinen Kopf besaß. Erst jetzt bemerkte er, dass er nackt war. Als er nach unten blickte, erstarrte er! Sein Blutdruck stieg ins Unermessliche: Er war auf einen Bock gefesselt, mit ausgestreckten Armen, die von einem Stock waagrecht gehalten wurden.

Er versuchte alles, um sich wenigstens einige Zentimeter zu bewegen. Doch es war nicht möglich!

Plötzlich legte der Officer die Puppe zur Seite und beförderte einen weiteren Holzbock auf Rädern in die Zelle.

Als Karl die darauf befestigte Schrotflinte sah, begann er zu schreien, was in ein Winseln überging.

Der Officer positionierte das Gestell vor ihm. Der Lauf der Flinte befand sich weniger als einen Zentimeter vor seinem Mund!

Karl bettelte und flehte um sein Leben. Als er mit seinen Augen den Handbewegungen seines Peinigers folgte, entleerte sich seine Blase.

Am Abzug der Flinte befand sich ein Seil, das über mehrere Rollen an der Decke nun an seinen Händen herabhing.

Als sein vermeintlicher Mörder das Seil an seinen Händen befestigte, war Karl schlagartig klar, dass er bald sterben würde!

Lachend schlug der Officer den Stützstock unter seinen Händen weg, und Karl konnte gerade noch seine Arme waagerecht halten. Sobald er keine Kraft mehr haben würde und die Arme nach unten sacken ließ, würde er über die Seile selbst den Abzug der Flinte betätigen.

Weinend sah er seinen Peiniger an, der wieder vor der Zelle stand, die Puppe hochhielt und grinste.

Mit letzter Kraftanstrengung hielt Karl seine Hände aufrecht, bis sie zu zittern begannen. Das Zittern wurde immer stärker.

Karl fragte: „Warum?"

Dann sackten seine Arme kraftlos nach unten - und der Schuss löste sich!

Zufrieden schaute der Officer in die Zelle, legte die Puppe zur Seite, nahm einen schwarzen Sack und trat ein. Peinlichst darauf bedacht, sich bei der Sauerei nicht schmutzig zu machen, löste er die Fesseln und packte den Leichnam in den Sack. Ohne Probleme zog er den Sack aus der Zelle. An der Stelle, an der Karl eben noch festgebunden war, platzierte er die Puppe.

Der Officer trat zurück, nickte zufrieden und zog die Leiche nach draußen. Er hievte den Sack auf die Ladefläche eines Pickups, auf dem noch zwei weitere Säcke lagen.
Grinsend starrte er auf die Säcke und sagte:
„Immer die gleiche Frage, immer das gleiche Wort: WARUM? Die Antwort ist doch sonnenklar! Weil ich es kann."

Lachend stieg er in den Pickup und fuhr in die Wüste.

ENDE

PARADIES

Sven musste anhalten, er konnte einfach nicht mehr. „Scheiße, zu viel zugemutet", presste er die Worte zwischen seiner Schnappatmung heraus. Dann setzte er sich auf den Waldboden und lehnte sich erschöpft an einen Baum. Es dauerte nicht lange und er schlief ein.

Als er erwachte, dämmerte es schon. Er erhob sich mehr schlecht als recht und orientierte sich. Zur Bestätigung entnahm er die Wanderkarte aus dem Rucksack und fluchte. „Noch acht Kilometer bis zum nächsten Punkt. Und das jetzt auch noch in der Dunkelheit. So ein Mist!"

Es half nichts, er packte die Karte zurück, schulterte den Wanderrucksack und lief los. Nach einem Kilometer vernahm er plötzlich menschliche Geräusche und lauschte.

‚Auf der Karte war doch gar nichts eingezeichnet,' dachte er und lief neugierig weiter. Wenig später traute er seinen Augen nicht, als er einen Campingplatz in der einsetzenden Dämmerung erkannte.

‚Scheiß auf die Karte, den Platz schickt der Himmel', dachte er und ging an dem Eingangsschild vorbei.

„Herzlich Willkommen im Paradies" stand in großen bunten Buchstaben auf dem Holzschild.

Zielsicher steuerte Sven das Gebäude links neben dem Schild an und klopfte an die Tür. Eine ältere Dame öffnete und schaute ihn fragend an.

„Entschuldigung, aber ich könnte noch einen kleinen Platz für mich und mein Zelt gebrauchen. Ich werde auch nur eine Nacht bleiben. Wenn es keine Umstände bereitet?", sagte Sven schüchtern zu der Dame, die sich gleich umdrehte und laut rief: „Karl, Kundschaft!" Sie rief dreimal. Sven musste sich ein Grinsen verkneifen, als er die Antwort hörte: „Ist ja gut, Elfriede. Ich bin ja nicht schwerhörig."

Dann erschien ein älterer Herr und bat Sven lächelnd einzutreten.

Wenig später gingen sie gemeinsam hinter das Haus auf die bestuhlte Veranda. Karl zeigte auf einen kleinen, mit Gras bedeckten Flecken, auf dem Sven nächtigen konnte. Gleich dahinter befand sich das Toiletten- und Duschhaus. Daneben stand ein Pool, in dem mehrere Kinder plantschten. Sie setzten sich in die Hollywoodschaukel. Sven überreichte Karl die vereinbarten 10,- EURO. Wie aus dem Nichts stand plötzlich Elfriede neben ihnen und nahm das Geld in Empfang. Genauso schnell war sie auch wieder verschwunden. Sven bedankte sich noch einmal und baute sein kleines Zelt auf.

Da der Pool mittlerweile leer war, gönnte er sich den Luxus und genoss die untergehende Sonne. Als es dunkel wurde, verstummte die Geräuschkulisse langsam. Sven hörte Partymusik und dachte:

‚Wie auf jedem Campingplatz, eine Party gibt es immer'.

Nach dem Duschen machte er sich auf den Weg zu der Party.

Die ganze Anstrengung des Tages war vergessen, als er die fünf Jugendlichen, etwa in seinem Alter, sah. Freundlich lächelnd ging er auf das Lagerfeuer zu und sagte: „Hallo."

Sie sahen ihn an, und sofort erhob sich ein wunderschönes blondes Mädchen, reichte ihm die Hand und hauchte:

„Hallo, Fremder."

Er folgte der Aufforderung, sich zu setzen, und wenig später begann eine längere, angeregte Konversation. Dabei kam ihm Indira, der blonde Engel, immer näher. Irgendwann verabschiedeten sich die anderen und Sven war mit Indira allein. Irgendwie konnte er sein Glück nicht fassen, und er wehrte sich nicht, als Indira ihn küsste. Als es immer sinnlicher wurde, löste sie sich von ihm und schaute ihn schelmisch an: „Lass uns das Gefühl für den Höhepunkt mitnehmen und mit der Vorfreude darauf schlafen gehen."

Etwas verdutzt stammelte Sven: „Morgen?"

„Aber natürlich! Mit allem, was dazugehört, Sonnyboy, versprochen!" hauchte sie. Dann überreichte sie ihm ein Amulett und verschwand in der Dunkelheit.

Von Glückshormonen überwältigt, stand Sven auf, steckte das Amulett in seine Hosentasche und ging zu seinem Zelt zurück.

‚Ich werde morgen bei Karl verlängern müssen', dachte er und verschwand in seinem Zelt.

Er war viel zu aufgewühlt, um einzuschlafen. Deshalb malte er sich aus, was er morgen alles mit Indira anstellen würde.

Plötzlich hörte er ein Geräusch und spitzte die Ohren. Schritte erklangen, gefolgt von einem rhythmischen Quietschen.

Dann hörte er die Stimmen von Karl und Elfriede und dachte: ‚Unterhaltung zum Abend in der Hollywoodschaukel, präsentiert vom Platzwärterpärchen.'

Er grinste und lauschte gespannt der Unterhaltung:

„Und, wie findest du den Neuen, Elfriede?"

„Ein süßer Junge, mit einem Knackarsch."

„Aus dem Alter bist du doch raus, oder?"

„Hey, wenn du keinen mehr hochbringst, kann ich nichts dafür."

„Meinst du, er bringt auch jemanden um, wie die anderen?"

Sven stutzte. Hatte er sich gerade verhört?

„Weißt du noch die Alte, die ihren Mann im Pool ertränkt hat?"

„Oh ja, sie hat ihn mit der Luftmatratze runtergedrückt, damit keine Fingerabdrücke zurückbleiben."

„Genau. Das schlaue Biest hat aber vergessen, dass die Nachbarin zuschaute."

„Jedenfalls war sie zielstrebig und hat die Zuschauerin in den Pool gezerrt und ebenfalls ersaufen lassen, gnadenlos."

„Und dann kam ihr Alter dazu, hat auch nicht lange gefackelt, sein Gewehr geholt und die Bademeisterin erschossen."

„War kein schöner Anblick mit den drei Leichen im Pool und dem Blut, überall das Blut!"

„Schrotflinten machen halt 'ne Mordssauerei."

Beide fingen zu kichern an.

Sven wurde es immer unwohler in seiner Haut.

,Wollen die mich nur verängstigen, oder ist das wahr?', dachte er. Gespannt hörte er weiter zu, ohne einen Mucks von sich zu geben.

„Ja, und das Beste war dann, als die Polizei eintraf und den Campingwagen durchsuchte."

„Ja, ich erinnere mich wieder. Sie fanden dort haufenweise Kinderpornos, richtig?"

„Richtig! Wenig später machte es wieder bumm, und eine weitere Sauerei entstand, als sich der alte Esel selbst in den Kopf schoss."

Eine Pause entstand, und Sven schluckte schwer, sonst zu keiner Bewegung fähig.

„Als diese Motorradjungs kamen, da war auch was los, weißt du noch?"

„Hey, ich bin zwar alt, aber so alt nun auch wieder nicht. Und übrigens, ich wollte sie abweisen!"

„Ja, aber denk doch mal nach, was wir versäumt hätten."

„Stimmt, war schon geil, als sich der Chef der Bande total besoffen erhob und mit seiner Knarre herumballerte."

„Er hätte ja auch in die Luft schießen können und nicht unbedingt auf unsere Gäste."

„Egal, hatten ja im Voraus bezahlt."

Ein bösartiges Kichern erklang. Sven rutschte das Herz immer mehr in die Hose. Eigentlich wollte er nicht mehr zuhören, doch er musste.

„Waren ja nur vier Stück, die er richtig abknallte."

„Und vier Verletzte, nicht zu vergessen."

„Und seine Freundin, die ihn daran hindern wollte weiter zu ballern, hat er auch abgeknallt."

„Ja, was für eine Sauerei, und die Bullen waren schon wieder da."

„Apropos Bullen!"

„Ja, ja, ich erinnere mich. Der hatte seine Frau für gutes Geld angeboten."

„Der halbe Campingplatz war Kunde, bis der Verrückte kam."

„Ja, der hat ihr dann `ne Tüte über den Kopf gestülpt und sie mit einem Kabelbinder um den Hals verschlossen."

„Hihihi, ist elendig erstickt, während er sich an ihr verging."

„Tja, dann ist der Bulle durchgedreht! Er hat ihn über den Platz gejagt und dabei mehr als zehn Menschen verletzt."

„Ja, aber dann hat er ihn erwürgt und mit den Händen den Kopf abgerissen."

„Weißt du noch, wer die Wette gewonnen hatte?"

„Es war - glaube ich - der Pfarrer. Der lag mit fünf Minuten Dauer, bis der Kopf ab war, am nächsten."

Wieder erscholl ein bösartiges Lachen, und Sven schlüpfte immer tiefer in seinen Schlafsack.

„Am Blutigsten war aber diese Studentin, die ihre vier Begleiter abgemurkst hatte. Wie war das nochmal genau mit dieser Indira?"

Eine Pause entstand. Als Sven den Namen Indira hörte, konnte er seine Blase nicht mehr im Griff halten. Mit offenem Mund und einem Stöhnen hörte er weiter zu:

„Ich glaube, sie feierten ganz normal, bis die kleine Hexe Pillen verteilte."

„Dann rammelten sie wie die Karnickel, jeder mit jedem."

„Und dann schlachtete sie alle ab. Einen nach dem anderen."

„Mich fröstelt immer noch beim Gedanken an den Anblick der Leichen. Richtig ausgeweidet hat sie ihre Freunde und dann die Eingeweide auf einen Haufen gelegt, sich daraufgesetzt und angefangen, ein Kinderlied zu singen."

„Oh ja, der ganze Campingplatz stand um sie herum. Aber keiner traute sich, etwas zu unternehmen."

„Sie hatte aber auch die zwei Jagdmesser noch in der Hand, zumindest bis die Bullen kamen."

„Dann hat sie sich selbst die Kehle aufgeschlitzt und dabei irre gelacht."

„Oh ja, das war mit Abstand das Gruseligste! Das ganze Blut floss überall herum, weil der Boden so hart war, dass es nicht versickern konnte."

„He, Mädchen! Ich glaub' ich hab 'ne Erektion! Lass uns reingehen, solange die Stimmung anhält."

Stille, tiefe beunruhigende Stille, trat ein. Sven lag in seinem Schlafsack, starr vor Schrecken, und eine Gänsehaut nach der anderen jagte über seinen Körper. Unbeweglich, mit weit aufgerissenen Augen, lag er da und versuchte, das Gehörte zu vergessen, bis er vor Erschöpfung doch einschlief.

Als er aufwachte, saß er auf dem Waldboden unter einem Baum. Es dauerte lange, bis er verstand, dass er nicht in seinem Zelt im verpissten Schlafsack lag, sondern wohl unter dem Baum die ganze Nacht geschlafen hatte. Erleichtert atmete er auf, erhob sich und schüttelte den bösen Traum aus seinen Gliedern. Nach einem tiefen Zug aus der Wasserflasche schulterte er seinen Rucksack und machte sich auf den Weg.

Nach einer halben Stunde blieb er plötzlich wie angewurzelt stehen. Ein Stöhnen entrang sich seiner trockenen Kehle.

„Das gibt's doch nicht!", sagte er und zwickte sich in den Arm. Er starrte wie hypnotisiert auf das schief hängende Holzschild auf dem stand: < Camping Paradies >.

Jemand hatte „Paradies" mit roter Farbe durchgestrichen und „Hölle" darüber geschrieben. Durch das zerfallene Eingangshaus konnte er die Veranda sehen. Eine vergammelte Hollywoodschaukel quietschte im Wind. Langsam, wie in Trance, lief er um das Haus auf die Stelle zu, an dem sein Zelt stand und blieb wieder stehen. Leichenblass und zitternd erkannte er die plattgedrückten Grashalme, genau in der Größe seines Zeltes. Dann sah er auf den Pool und die Algen, die in der Dreckbrühe hin und her schwappten. Mit Widerwillen löste er sich von der Szene. Obwohl alles in ihm schrie umzukehren, setzte er sich in Bewegung auf die Stelle zu, an der er Indira getroffen hatte. Fassungslos starrte er auf den Boden um die Feuerstelle. In einem Umkreis von fünf Metern war der Boden schwarz. Schwarz, wie die dunkelste Nacht!

Sven dachte an Unmengen Blut. Wieder zitterte er am ganzen Körper.

Dann fiel ihm das Amulett ein. Er griff hektisch in seine Tasche. Als er einen runden Gegenstand in seiner Hosentasche fühlte, musste er sich übergeben. Es dauerte lange, bis sich sein Magen wieder beruhigt hatte. Er zögerte, und als er das Amulett aus der Tasche ziehen wollte, räusperte sich jemand hinter ihm. Ein Schrei drang aus seiner Kehle, und als er weglaufen wollte, stürzte er über seine eigenen Füße. Fluchend kam er auf dem Rücken liegend zum Stillstand. Ein Schatten trat über ihn - und dann schaute er in ein freundliches Gesicht. Der Kleidung entsprechend musste es sich um einen Polizisten handeln. Der Mann sagte in beruhigendem Ton: „Sorry junger Mann! Ich wollte Sie nicht erschrecken. Darf ich Ihnen aufhelfen?", und reichte ihm die Hand.

Sven ergriff sie und stand wenig später auf seinen wackeligen eigenen Beinen.

„Ist kein schöner Ort, den Sie sich ausgesucht haben", sagte der Polizist.

Dann fiel Sven die Geschichte mit dem Polizisten ein.

Ihn fröstelte. ‚Unmöglich', dachte er und erwiderte:

„ Ich habe mich verlaufen, Officer."

„Soll ich Sie mitnehmen? Ihre nächste Station ist ungefähr acht Kilometer entfernt. Sie sind vom offiziellen Wanderweg abgekommen."

„Das Angebot nehme ich sehr gerne an", antwortete Sven und schüttelte die letzte Angst ab. Dann trat der Polizist zur Seite - und Sven erstarrte! Vor ihm stand Indira! Ihre blonden Haare flatterten im Wind, und sie schaute ihm tief in die Augen.

„Na, Sonnyboy, ficken wir zuerst oder soll ich dich gleich aufschlitzen?" fragte sie, und hatte plötzlich zwei Jagdmesser in der Hand.

Sven war zu nichts fähig. Nur seine Augen blickten immer wieder zwischen dem Polizisten und Indira hin und her. Mit einem gehässigen Lachen schaute ihn der Polizist spöttisch an. Als seine Augen wieder zu Indira wanderten, sah er die Veränderung und stöhnte. Aus ihren Augen, Ohren und aus dem Mund lief tiefrotes Blut. Sie fing ebenfalls laut zu Lachen an. Dann schrie sie: „Ok, wie du willst" - und stach zu! Als die beiden Dolche seine Haut durchdrangen, löste sich seine Starre und er begann aus Leibeskräften zu schreien.

Wild um sich schlagend lag er auf dem Waldboden und kämpfte mit seinem Rucksack. Plötzlich schlug er die Augen auf und blickte in einen strahlend blauen Himmel. Langsam flachten seine Bewegungen ab. Dann blieb er keuchend auf dem Rücken liegen.

Es dauerte etwas, bis er sich wieder gefangen hatte. Beim dritten Versuch schaffte er es, sich auf den Beinen zu halten. Unsicher blickte er sich um - kein Campingplatz zu sehen! Erleichtert atmete er auf und trank seine Flasche in einem Zug leer. Schnell packte er seine Sachen und machte sich auf den Weg zur nächsten Station.

Nach einigen Metern spürte er einen Gegenstand in seiner Hosentasche und blieb sofort wie angewurzelt stehen. Mit zittrigen Fingern entnahm er den runden Gegenstand und blickte auf das Amulett. Er las die Inschrift und wollte es nicht glauben! Immer wieder las er den Namen Indira Weisz. Dann erschreckte ihn ein Vogel, der laut schreiend an ihm vorbeiflog. Er blickte dem Vogel nach und sah in der Ferne den Eingang zu einem heruntergekommenen Campingplatz.

„Das gibt's doch nicht", schrie er, warf das Amulett zu Boden und begann zu rennen, wie noch nie in seinem Leben zuvor.

Erst an der Station, die er - ohne auf die Karte zu schauen - gefunden hatte, blieb er stehen. Alle starrten ihn an. Doch er sagte nichts, ging zur Bushaltestelle und wartete. Als der Bus vier Stunden später losfuhr, atmete er erleichtert auf.

Im Bus fielen ihm plötzlich die 10,- EURO ein, die er bezahlt hatte, und er öffnete seinen Geldbeutel. Nach dreimaligem Nachzählen fehlten genau die 10,- EURO!

Mit zittrigen Händen schloss er seinen Geldbeutel, atmete tief durch und schwor sich, nie mehr zu wandern - und vor allem: nie mehr zu campen!

ENDE

SOLSTITIUM

„Hallo, sind Sie Lankester Merrin?"

„Ist das nicht offensichtlich, da ich die einzige Person in dieser heruntergekommenen Ankunftshalle bin?", antwortete Lank unfreundlich.

„He Pater, ist schon klar. Keine Sorge, Sie werden wie alle hier auch mal schlechte Laune haben, versprochen. Ich bin John McClane, der Polizeichef auf Pudhoe Bay".

Flüsternd fügte er hinzu: „ und der Schnapsladenbesitzer."

Jetzt musste Lank doch lächeln. Er antwortete: „Sorry, John."

Dann folgte er dem kräftigen Mann zu einem Jeep, der direkt vor der Halle stand. Schweigend stiegen die beiden in den Wagen. Lank drehte sich nochmal zum Hafen um.

‚Warum nur Alaska? Womit habe ich das nur verdient?

Oh Herr, was tust du mir nur an', dachte er und schickte ein Stoßgebet gen Himmel hinterher.

Sie mussten nicht lange bis zum Wohnpark fahren, der nur aus Containern zusammengesetzt war. Links neben den Containern befanden sich drei gemauerte Häuser und eine kleine Kirche mit einem winzigen Nebengebäude. Genau daneben stoppte John den Wagen und stieg aus.

Feierlich überreichte er dem Pater den Schlüssel und sagte mit einem Lachen auf den Lippen: „Pater, Sie werden etwas reinigen müssen.

Diese heiligen Hallen hat schon lange niemand mehr betreten. Wenn Sie zu mir wollen, dann ist das das Gebäude hier rechts, in der Mitte befindet sich der Lebensmittelladen, mit dem einzigen echten Ureinwohner, Nanuk."

„Und das Gebäude links?"

„Oh, wie soll ich es ausdrücken? Wir nennen es das Haus der Sünde. Entschuldigung, Pater."

Lank zog seine Augenbrauen nach oben und antwortete:

„Ist schon in Ordnung, John. Die Arbeiter brauchen auch ihren Spaß. So, ich geh dann mal rein und sehe nach dem Rechten."

„Pater, ich würde mich freuen, wenn Sie heute Abend mein Gast sein würden", erwiderte John.

Lank antwortete: „sehr gerne."

„Dann um 18 Uhr", sagte John, stieg in den Jeep, fuhr die fünf Meter zu seinem Haus und verschwand darin.

Lank seufzte, schloss die Tür auf und fand sich in einem Einzimmerappartement wieder.

‚Größer, als ich es mir von außen vorgestellt habe', dachte er und warf seinen Seesack auf die Couch. Eine Staubwolke stob auseinander, und er musste kräftig niesen.

„John hat nicht übertrieben", sagte er und widmete sich nach der Inspektion des Bades der Verbindungstür zur Kirche.

Andächtig zog er sie auf und lauschte dem Quietschen der Scharniere.

„Gott, hast du etwas gesagt?", flüsterte er. Und bekam gleich ein schlechtes Gewissen für den Ausspruch. Sein Glaube war nicht so gefestigt, wie sein Vorgesetzter vermutete. Und seine Begeisterung hielt sich in Grenzen, als er mit der patriotischen neuen Aufgabe, speziell für ihn, konfrontiert wurde. Natürlich machten sie ihm das Ganze schmackhaft. Doch eigentlich hatten sie ihn in der Hand! Sein zeitweiliger Bund mit dem Teufel Alkohol ließ ihn immer wieder unangenehm auffallen. Letztendlich war er froh, dass sie ihn nicht fallen ließen. Er atmete die stickige Luft in der kleinen Kirche ein und entschied sich dafür, sofort die Fenster zu öffnen.

„Also gut, Alaska! Ich nehme die Herausforderung an. Amen!", rief er. Dann begann er mit den Aufräumarbeiten. Er sah nicht die Gestalt, die auf der kleinen Veranda im mittleren Haus stand und ihn dabei beobachtete.

Am nächsten Morgen wachte er mit einem riesigen Muskelkater auf. Trotzdem lächelte er zufrieden.

Er hatte den Abend bei John trocken überstanden. Die Versuchung war da - und sie war sehr verlockend! Aber er widerstand ihr, und darauf war er etwas stolz.

Heute Morgen würde er mit John die Besichtigungstour bei der Ölfirma durchführen. Er freute sich schon auf die vielen neuen Gesichter, die er kennenlernen durfte.

Um 9 Uhr holte John ihn mit dem Jeep ab. Sie fuhren die fünfzehn Meter zum Containereingang. Lank überlegte, ob er wegen des unnötigen Spritverbrauchs etwas sagen sollte. Doch er ließ es und dachte stattdessen:

‚Er wird schon seine Gründe haben'.

„Hallo, ich bin Peter von der Betreiberfirma des Ölfeldes, und heiße Sie herzlich willkommen, Pater Merrin", begrüßte ihn der aktuelle Chef der Anlage.

Wie Lank erfahren hatte, wechselte die Mannschaft alle paar Monate, was er bei den Witterungsbedingungen hier im nördlichen Alaska sehr gut verstehen konnte.

Lank erfuhr Einiges über die hier herrschenden Gepflogenheiten, und sein angelesenes Vorwissen wurde mehr als bestätigt.

‚Es wird rau werden', dachte er. Erstaunt hob er seine Augenbrauen, als er erfuhr, dass sich aktuell mehr als tausend Personen auf der Anlage befanden.

„Dann wird es in der Kirche bestimmt voller, als ich dachte", sagte er.

Peter erwiderte: „Da machen Sie sich zu viel Hoffnung, Pater."

„Sagen Sie doch Lank zu mir, Peter."

„Also Lank, Sie sind doch Jesuitenpater, und hier sind wohl alle Religionen der ganzen Welt vertreten."

„Gott hat für alle ein offenes Ohr."

„Glauben Sie mir! Im Haus der Sünde wird mehr los sein, als im Hause Gottes, Pater... äh Lank."

„Wir werden sehen, Peter. Kann ich nun die Bohrlöcher besichtigen"? fragte Lank.

Sie gingen hinaus zu den Ölfeldern. Schon nach wenigen Minuten bekam Lank Kopfschmerzen vom Lärm, und er fing erbärmlich zu frieren an.

Peter sah John an, und beiden war klar, dass es für heute reichen musste. Dankbar nahm Lank die Einladung zu einer Tasse Kaffee an. Nachdem der Besuch der Anlage beendet war und sie sich von Peter verabschiedeten, stiegen sie wieder in den Jeep, und John fuhr los. Nach zwanzig Metern hielt er vor dem mittleren Haus. Sie schauten in die unfreundlichsten Augen, die Lank je gesehen hatte.

‚Das muss der Ureinwohner sein', dachte Lank. Freundlich streckte er die Hand aus. Überraschenderweise ergriff sie Nanuk und drückte kräftig zu. Nachdem Lank dem Druck problemlos standhielt, lächelte Nanuk und führte sie in seinen Laden.

Hier gab es alles, was das Herz begehrte. Außer Alkohol und Zigaretten, die gab es nur bei John. Die zwei Männer blieben bis zu einem traditionellen Abendessen. Irgendwann verabschiedete sich John, mächtig angeheitert! Nanuk und Lank waren alleine.

„Pater, Sie sind standhafter, als ich dachte", eröffnete Nanuk das Gespräch.

Lank überlegte und dachte darüber nach, was ihn verraten hatte. Doch ihm fiel nichts ein und er entschied, erst einmal mitzuspielen.

„Wie kommen Sie darauf?"

„Ich habe ein gutes Gespür für Menschen."

„Dann verraten Sie mir, was Ihr Gespür über mich parat hat!"

„Aber gerne. Doch Sie dürfen mir für meine Offenheit aber nicht böse sein, versprochen?"

„Versprochen."

„Sie sind ein Geistlicher, der von seinem Glauben nicht überzeugt ist, und Sie wurden hierher strafversetzt.

Eigentlich sind Sie ein netter Kerl und haben bisher nichts Böses getan."

Lank musste schwer schlucken, bezüglich der sehr treffenden Analyse eines Mannes, den er erst vor Kurzem kennengelernt hatte.

Er nickte anerkennend und fragte: „Und was denken Sie, ist mein Laster?"

„Frauen sind es nicht, sonst wären Sie schon im Haus der Sünde gewesen. Es ist der Alkohol."

„Wie begründen Sie Ihre These?"

„Ihr sehnsüchtiger Blick zu der Flasche war nicht zu übersehen."

„Ich blickte zur Wasserflasche."

Nanuk grinste breit. Lank schloss sich dem ansteckenden Lächeln an, bis beide Männer laut zu lachen begannen.

„Nanuk, Sie sind ein bemerkenswerter Mann. Ich freue mich, eine so aufrichtige Person kennengelernt zu haben. Darf ich Sie in meiner Kirche begrüßen?"

„Pater, mein Volk hat einen anderen Glauben. Aber ich verspreche Ihnen, Sie ab und zu in Ihrer Wohnung zu besuchen."

„Das würde mich sehr freuen", antwortete Lank und wollte sich auf den Weg machen. Aber Nanuk hielt ihn zurück.

„Pater, euer Glaube lebt doch von alten Überlieferungen, und ihr Kirchenväter seid doch alle interessiert an alten Schriften, oder?"

Lank lächelte und antwortete: „Aber natürlich."

„Ich habe etwas für Sie! Die Nächte werden jetzt immer länger. Um Ihren kulturellen Horizont zu erweitern und die aufkommende Langeweile zu überwinden, würde ich Ihnen gerne eine Schrift meiner Vorfahren überreichen."

Lank schaute Nanuk fragend an. Der lächelte und sagte:

„Ich habe sie natürlich übersetzt in die Sprache, die sich Weltsprache nennt."

Wie von Zauberhand hielt er plötzlich ein kleines eingebundenes Büchlein in der Hand und streckte es Lank entgegen.

Der wollte gerade zugreifen - und stockte sofort, als er den Titel des Buches erblickte!

Nanuk lächelte und flüsterte verschwörerisch: „Nur Mut, Gottesmann. Seid Euch bewusst, dass ich sehr wohl weiß, was der Titel 666 für Eure Kirche bedeutet. Pater Lankester Merrin, seid Ihr mutig genug?"

Lank schluckte den Kloß hinunter, der sich gebildet hatte, und griff beherzt zu dem Buch. Doch Nanuk ließ es nicht los. Beide Männer standen sich Auge in Auge gegenüber, jeder mit einer Hand am Buch. Plötzlich nickte Nanuk und ließ los, was dazu führte, dass Lank beinahe das Gleichgewicht verlor.

Tief in Gedanken versunken, lag Lank lange wach in seinem Bett. Das Buch hatte er in seinem Schreibtisch verstaut. Der Gedanke an den morgendlichen Besuch des Freudenhauses ließ ihn schließlich doch einschlafen.

Eine Mittvierzigerin begrüßte ihn mit den Worten:

„Hallo Pater, ich bin Veronika, und das sind meine Damen".

Dabei zeigte sie auf eine Gruppe Frauen, die zum Teil die 40 längst überschritten hatten.

‚Kundschaft', dachte Lank.

Er sagte: „Freut mich, Veronika. Und wie laufen die Geschäfte?"

„Sie sind lustig, das gefällt mir, Pater. Die Geschäfte laufen gut. Doch bald schon werde ich meine Mannschaft abziehen."

„Warum denn das?"

„Wissen Sie nicht, dass bald die Wintersonnenwende beginnt? Dann ist es hier fast zwei Monate stockdunkel. Die Ölfirma halbiert in dieser Zeit die Mannschaft.

Zu viele durchgedreht - sie wissen schon!

Darum machen wir auch etwas langsamer in dieser Zeit. Ich möchte nicht, dass meinen Mädels etwas passiert. Daher schicke ich sie in Urlaub und genieße die Ruhe in meinem bescheidenen Haus."

Lank fiel wieder ein, dass von November bis Januar das Solstitium, also die Polarnacht, stattfand. Daran hatte er gar nicht mehr gedacht! Er nickte Veronika freundlich zu.

Sie tranken zusammen Tee, und Lank wurden alle Damen des Etablissements vorgestellt.

‚Lauter arme, gefallene Mädchen', dachte er und war sich sicher, die ein oder andere in der Kirche wieder zu sehen.

So vergingen die Tage. Lank hatte nicht allzu viel zu tun. Selbst das raue Klima und die niedrigen Temperaturen machten ihm bald nichts mehr aus. Eine Handvoll Arbeiter und einige der Mädchen fanden den Weg zur Kirche. Aber es machte ihm nichts aus. Und er blieb standhaft, worauf er besonders stolz war. John hatte es mittlerweile aufgegeben, ihn zu verführen. Trotzdem waren es die Abende mit John, die ihm am meisten Abwechslung brachten. Nanuk gesellte sich dann und wann zu ihnen, aber seine Besuche wurden mit der Zeit immer weniger.

Eine Woche vor Beginn der Polarnacht herrschte hektisches Treiben. Mit mehreren Schiffen wurden die tausend Männer durch fünfhundert neue ersetzt.

Veronika verabschiedete ihren Tross bis Mitte Februar, und John bekam eine Sonderlieferung Alkohol.

Jeder war beschäftigt, außer Lank.

Darum fiel ihm das Buch wieder ein, das er von Nanuk bekommen hatte. Er zog sich in sein Anwesen zurück und holte das Büchlein aus der Schreibtischschublade. Dann setzte er sich in seinen Sessel, in dem er immer die Bibel las, und schlug das Buch auf:

„Alle 666 Jahre in der Polarnacht kommen sie, um sich zu laben an der Menschlichkeit und danach ihre Seelen aufzuessen. Der Tribut muss gezollt werden. So wurde es vor langer Zeit festgelegt, mit Brief und Siegel."

Lank blickte auf, eine Gänsehaut lief ihm über den Rücken. Dann lachte er verkrampft und las weiter: „Hier war ihr Ursprung, und hierher kommen sie zurück. Die Urväter wussten, wann und warum sie das Dorf verlassen mussten. Aber nicht alle taten es ihnen gleich. Opfer gab es immer schon genug."

Und so ging es Seite für Seite weiter. Lank hatte seinen ersten Schrecken verdaut.

‚Fast wie die Bibel', dachte er.

Doch an einer Stelle stockte er und überflog die Stelle zweimal. Dann las er sie laut vor: „Die Meeresgöttin Sedna schickt ihren Ehemann Tulugaq, um seinen Tribut einzuholen.

Im 666. Jahr, am sechsten Tag des Solstitiums, wird die Pforte der Hölle geöffnet.

Zur sechsten Stunde beginnt die Abgabe, und sie wird sechs Stunden andauern. Danach ist der Tribut erfüllt und die dunklen Mächte ziehen sich zurück. So steht es geschrieben, und so wird es auch sein."

Plötzlich klopfte es an der Tür. Lank ließ vor Schreck das Buch fallen. Sein Herz raste, sein Puls stieg immer weiter an. Nur mit Mühe konnte er sich wieder beruhigen.

Es klopfte ein weiteres Mal. Er schaffte es, zu rufen:

„Moment bitte, komme gleich", und hoffte, dass er das Zittern in der Stimme wenigstens etwas unterdrücken konnte.

Mit weichen Knien stand er auf und öffnete vorsichtig die Tür.

Als er John sah, fiel ihm ein Stein vom Herzen.

„Pater, könnten Sie bitte diese Kiste für mich verstauen? Es handelt sich um die Notreserve, falls einer der Jungs durchdrehen sollte", sagte John und zeigte auf die große Kiste vor seinen Füßen.

„Klar, kein Problem. Bring die Kiste rein, ich suche dann einen Platz aus."

„Ja. Aber den Platz will ich nicht wissen, damit ich nicht in Versuchung komme oder erpressbar bin."

„Geht klar, stelle sie einfach hier hin, John."

„Alles klar, mach's gut. Bis heute Abend", verabschiedete sich John und ging zu seinem Jeep.

Dann begann die Polarnacht, und ein schwarzer Eisbrecher fuhr in den Hafen. Lank fiel sofort das Buch ein und der Name Tulugaq. Fröstelnd schaute er zum Fenster auf das beeindruckende Schiff. Eine Person in einem schwarzen Mantel ging langsam über die Gangway zum schneebedeckten Landungssteg. Eine große Gestalt, ebenfalls in einem schwarzen Mantel, ging zielstrebig auf ihn zu. Als die Beiden sich trafen, blieben sie respektvoll voreinander stehen und unterhielten sich. Lank überlegte, wer da mit wem sprach und war sich sicher, dass es nicht John war. ‚Eigentlich kann es nur Nanuk sein', dachte er. Dann verabschiedeten sich die zwei Personen auch schon voneinander. Lank verfolgte durch die Kirchenfenster die Gestalt. Als sie im mittleren Haus verschwand, war er sich sicher, dass es sich um Nanuk handelte.

Er wartete noch eine Weile. Dann zog er sich an und lief zu John hinüber. Aber der öffnete nicht. Verwirrt lief er zurück in die Kirche, schnappte sich das Buch und las es noch einmal. Jeder weitere Versuch, mit John oder Veronika zu reden, schlug fehl.

Nach dem vierten Tag der Polarnacht machte sich Lank auf den Weg zur Containerburg. Der neue Manager war nicht so freundlich wie Peter und machte ihm schnell klar, was er von Religionen hielt. Er könne seiner Mannschaft nicht befehlen, in die Kirche zu gehen. Nach weniger als zwanzig Minuten wurde er regelrecht rausgeworfen.

Lank versuchte seine Gedanken zu sammeln und überlegte seinen nächsten Schritt. Dann fiel ihm ein Bibelzitat ein: ‚Auge um Auge'. Er packte all seinen Mut zusammen und lief los. Vor Nanuks Haus blieb er stehen und atmete noch einmal tief durch, bis er den Klopfer kraftvoll betätigte.

Nach dem dritten Schlag öffnete sich die Tür. Nanuk streckte seinen Kopf heraus. Lank erschrak, als er die Bemalungen in Nanuks Gesicht sah und konnte kein Wort sagen. Im Hintergrund hörte er John und Veronika leise sprechen. Dabei umgab ein süßlicher Geruch seine Nase.

„Was gibt es, Lank?", fragte Nanuk.

Lank benötigte mehrere Anläufe, ehe er antwortete:

„Weißt du, welches Schiff da im Hafen liegt?"

„Ja, das ist ein privater Eisbrecher. Mit dem Kapitän, Randall Flagg, habe ich gesprochen. Sie haben ein technisches Problem, können es aber selbst beheben."

„Wie lange wird es dauern?"

„Ah, jetzt verstehe ich! Lank, das hat nichts mit dem Buch zu tun, das ich dir gegeben habe. Glaubst du alles, was in deiner Bibel steht?", erwiderte Nanuk lächelnd.

„Entschuldige, ich dachte nur... Ach nein, vergiss es! Tut mir leid für die Störung", stammelte er und lief verunsichert zur Kirche zurück. In seiner Magengegend zuckte es ununterbrochen, und sein Unwohlsein verstärkte sich immer mehr. Er zog die Tür seiner Wohnung zu und zog die Jacke aus. Immer noch verunsichert, blickte er sich um. Dann fasste er einen Entschluss, obwohl er wusste, dass er ihn bereuen würde.

Er stammelte ein „Herr, vergib mir", öffnete die Kiste, die ihm John anvertraut hatte, entnahm ihr eine Flasche Jack Daniels und öffnete sie mit zittrigen Fingern.

Der erste Schluck brannte in seiner Kehle, sodass er aufstöhnte. Der zweite lief wie Öl durch seinen Hals, und dann hörte das Ziehen in seinem Magen schlagartig auf. Zufrieden fiel er in seinen Sessel.

Dabei fiel etwas zu Boden, und er hob es mit der freien Hand auf. Es war Nanuks Buch. Lange starrte er auf den Titel, dann fing er zu lachen an und warf es durch die offene Tür in die Kirche.

„So ein Schwachsinn" lallte er, und nahm den nächsten Zug aus der Flasche.

Lank öffnete die Augen, um die Geräusche zu sehen, die er hörte. Doch das Zirpen, Wispern und Flattern sah er nicht. Langsam realisierte er, dass er auf der Couch lag, mit einer leeren Flasche Whisky im Arm. Angewidert warf er sie zu Boden und versuchte sich aufzurichten, was kläglich misslang. Die Geräuschkulisse wurde immer lauter, und er fragte sich, ob es sich dabei um die Nebenwirkungen des Alkohols handelte oder echt war. Nach mehreren Anläufen schaffte er es, sich endlich aufzurichten. Unsicher wankte er zum Fenster und schaute hinaus.

Was er sah, wollte er nicht glauben! Trotz der Dunkelheit konnte er erkennen, dass der Fremde vom Schiff vor Nanuks Haus stand - und um das Haus flatterten hunderte Fledermäuse! Mit offenem Mund sah er, wie Nanuk die Tür öffnete und auf den Fremden zuging.

Dann umarmten sie sich lange, wie gute Freunde, die sich schon lange nicht mehr gesehen hatten. Als sie sich voneinander trennten, zeigte Nanuk auf die Containerburg, und die Fledermäuse setzten sich in Bewegung.

Plötzlich zuckte Nanuks Kopf in seine Richtung und blickte Lank direkt in die Augen. Sofort stellten sich Lanks Nackenhaare auf. Er schlug das Fenster zu. Das Lachen der beiden Männer konnte er nicht mehr hören. Schlagartig war er wieder nüchtern, dachte an den Fluch und zog sich überhastet an. Schneller als gedacht, riegelte er die Kirche und sein Haus ab. Jedes Teil, das er finden konnte, wurde zur Verbarrikadierung verwendet.

Plötzlich flog ein Stein durch ein Fenster!

Lank stand still und lauschte. Doch das einzige Geräusch verursachte der Wind. Die Fledermäuse waren nicht mehr zu hören.

„Na Gottesmann, was denkst du nun?", rief Nanuk.

Lank konnte das Lachen von Veronika und John hören.

Schlagartig wurde ihm klar, dass alle unter einer Decke steckten. Sofort wurde ihm bewusst, dass er auf sich alleine gestellt war!

„Oh heiliger Expeditus! Hilf mir, diese schweren Stunden zu überstehen! Schütze mich vor all denjenigen, die mir schaden wollen. Bitte erhöre mein Flehen und komme mir dringend zu Hilfe. Gott, hilf mir in meiner Not", stammelte er.

„Na, du Wichser! Bist du schon am Beten?", hörte er Veronikas verächtliche Stimme.

„Der heilige Bruder hat bestimmt von meinem Whisky getrunken, stimmts?", fauchte John bösartig in seine Richtung.

„Ich bin alleine, was kann ich nur tun?", stammelte er.

Sehnsüchtig sah er zu dem großen Kruzifix, das über dem Altar an der Wand hing. Doch Jesus antwortete ihm nicht.

Plötzlich sah er, wie das unheilige Buch zu glühen begann. Geistesgegenwärtig leerte er den Weihrauch aus dem Kelch neben dem Altar darüber, schnappte sich das Teufelswerk und warf es durch das zerstörte Fester. Mit einem Hechtsprung landete er am nächsten Fenster und schaute vorsichtig hinaus.

„Oh, du armer Gottesmann! Jetzt dauert dein Leiden länger. Länger, als du ertragen kannst", rief Nanuk.

Dann schoss eine Feuersäule aus dem Buch.

Lank hätte schwören können, dass die Flammen ein Abbild des Teufels formten! Ein Zittern überkam ihm.

Tränen der Hilflosigkeit rannen ihm über die Wangen. Dann begannen die Schreie, und er hätte sich gewünscht, sie nie hören zu müssen!

Wieder schaute er aus dem Fenster und erkannte im Schein der Flammen, dass die Arbeiter versuchten, die Kirche zu erreichen. Doch mehrere Fledermäuse machten sich über die armen Männer her!

Nanuk schrie: „Nehmt euch und labet euch, wie es der Brauch bestimmt!"

Voller Schrecken musste Lank mit ansehen, dass sich die Fledermäuse plötzlich in menschliche Lebewesen verwandelten und ihre Münder die Kehlen der Arbeiter durchbissen. Der Schnee verfärbte sich immer mehr, und bald entstand ein dunkelroter See aus Blut! Immer mehr Arbeiter rannten aus der Containerburg. Einer steuerte auf Veronika zu, die ihm ein Bein stellte und sich anschließend sofort über den wehrlosen Mann warf. Ihre spitzen Zähne blinkten im Feuerschein, als sie sie in seinen Hals bohrte. Mit blutverschmiertem Gesicht erhob sie sich - und blickte genau in Lanks Augen!

Dann fing sie wie eine Verrückte zu schreien an und beteiligte sich an der gnadenlosen Jagd auf die Arbeiter.

Die Schreie wurden immer schlimmer!

Lank sah hilflos aus dem Fenster, zu keiner Reaktion fähig.

Immer wieder stammelte er sein Hilfsgebet.

Doch nichts geschah!

Plötzlich erschien Johns verzerrtes Gesicht genau vor seinem Fenster. Er stürzte zu Boden. Dabei fiel sein Blick auf das Kruzifix über dem Altar - und er stieß einen spitzen Schrei aus. Die Wunden an Jesus' Händen und Füßen begannen zu bluten! Literweise lief der rote Saft aus den Wunden, und ein Bach formte sich, der sich seinen Weg durch die Kirche bahnte. Ungläubig starrte Lank zu dem Bach, der immer mehr anschwoll und unter dem Kircheneingangstor nach draußen floss.

Dann hörten die Schreie auf - und die Explosionen begannen! Mit kräftigem Knall zerplatzten alle Fensterscheiben!

Lank riss die Arme über den Kopf und konnte so die Splitter abwenden, die ihn im Gesicht getroffen hätten.

Durch den Schlag erwachte er aus seiner Starre.

Er rief, mit Blick auf das Kreuz: „Ok, wenn Du mir nicht hilfst, dann helfe ich mir selbst."

Mit festem Schritt trat er zum Altar und nahm das goldene Kreuz in die Hand. Mit der anderen Hand nahm er den Rosenkranz und hängte ihn sich um den Hals. So schritt er mutig zur Tür und öffnete sie. Dabei bemerkte er nicht, dass der Blutfluss aus den Wunden Jesu stoppte.

An der Schwelle blieb er stehen, mit Blick auf die drei, die er für Freunde hielt. Das Feuer war mittlerweile erloschen. Nur eines der Ölfelder brannte im Hintergrund und erleuchtete die blutige Szene.

Nanuk schritt langsam, gefolgt von John und Veronika, auf Lank zu. Als er das Kreuz sah, blieb er in sicherem Abstand vor ihm stehen und starrte ihn mit kalten Augen an. Dann hob er seine Arme in die Luft, um sie wenig später wieder zu senken. Plötzlich kamen alle Fledermäuse angeflogen und verwandelten sich in Vampire, dessen war sich Lank sicher. Wenig später starrten ihn mehr als hundert kalte tote Augen an. Langsam bildeten sie einen Halbkreis um den Eingang. Lanks Hand begann zu zittern.

Die böse Brut quittierte seine Schwäche mit einem obszönen Stöhnen. Langsam kamen sie immer näher.

In dem Moment, als er Nanuks Grinsen sah, fiel im schlagartig auf, dass Randal Flagg nicht bei ihnen war. Blitzartig drehte er sich um und warf dabei die Tür zu - um zu erstarren!

Randal Flagg saß auf dem Altar und schaute ihn mit einem siegessicheren Grinsen an.

„Na Gottesmann! Was nun?", fragte er mit einer bösartigen Fistelstimme.

Lank überlegte und dachte: ‚Wie kann das sein? Wer oder was ist dieser Flagg nur?'

„Wie ich spüre, überlegst du gerade, warum ich in die Kirche gehen kann und die anderen nicht. Das ist ganz einfach. Komm näher und ich erkläre es dir."

Lank trat auf ihn zu, umklammerte mit beiden Händen das Kreuz und streckte es in Flaggs Richtung.

Flagg lächelte und sagte: „Also, Veronika und John sind jetzt auch übergetreten. Sie warten schon sehr lange auf diesen Moment, musst du wissen. Sie sind jetzt sehr stolze Lebewesen, wie die anderen."

„Und Nanuk?", flüsterte Lank.

Flagg antwortete: „Gute Frage! Also, wie du in der Überlieferung gelesen hast, braucht es jemanden vom Ursprungsvolk. Ich habe ihn vor langer Zeit bekehrt. Er war sofort bereit, unserer Sache zu dienen. Auch er ist nun übergegangen in unser Schattenreich."

Dann ließ er seine Beine leicht baumeln und schaute Lank mitleidig an. „Und du bist bestimmt Tulugaq!"

Dann passierte alles auf einmal!

Zuerst flog die Tür auf. Dann verwandelte sich Flagg in einen riesigen Raben! Gerade, als er sich erheben wollte, um sich mit spitzem Schnabel auf Lank zu stürzen, löste sich das Kreuz von der Wand und erschlug Flagg.

Wie in Zeitlupe drehte sich Lank um und starrte in fassungslose Gesichter vor der Kirche. Plötzlich kam Bewegung in die Brut des Bösen. Doch zu Lanks Überraschung nicht auf ihn zu, sondern von der Kirche weg! Nur Nanuk blieb stehen und schaute ihn lange wortlos an. Dann schüttelte er den Kopf, drehte sich um und machte sich wie die anderen auf den Weg zum Schiff.

Plötzlich verstand Lank! Er schaute auf seine Armbanduhr: 12 Uhr! Die sechs Stunden waren um. Der Tribut war erbracht, die Schuld bezahlt.

Lank fiel auf die Knie und begann zu beten: „Lieber Gott, ich danke dir dafür, dass du mich durch diese dunkle Nacht begleitet und mich in einen neuen, hellen Tag geführt hast. Mögest du mich aufs Neue vor allem Bösen bewahren und weiterhin deine Hand schützend über mich halten. Beschere mir Glück und vergib mir meine Schuld."

Nachdem er sich versichert hatte, dass der Eisbrecher den Hafen verlassen hatte, begann er die Kirche zu säubern und verbrachte die folgenden dunklen Tage ausschließlich mit beten und essen.

Ein weiterer Eisbrecher meldete Tage später ein Feuer auf der Anlage. Nachdem die Betreiber-Gesellschaft, trotz mehrerer Versuche, keine Verbindung zu ihren Leuten zustande brachte, bat sie die Polizei, nach dem Rechten zu sehen.

Wenig später traf ein Polizeiboot ein. Die beiden noch jungen Deputys mussten sich zuerst mehrfach übergeben, bis sie in der Lage waren, ihren Vorgesetzten zu kontaktieren.

Es dauerte einen Tag, bis der Captain eintraf und bei dem sich ihm bietenden Anblick ebenfalls seinen Magen zwingen musste, sich zu beherrschen.

Erleichtert, endlich nicht mehr alleine zu sein, berichteten die jungen Deputys ihrem Captain: „Sir, einer oder mehrere der Arbeiter müssen einfach durchgedreht sein."
„Und die sollen fünfhundert Personen einfach so mit bloßen Händen getötet haben und dann sich selbst, oder was?"
„Sir, könnte vielleicht die Explosion des Bohrloches mit schuld sein?"

„Oder vielleicht aber ist der Pfarrer ja der Verrückte gewesen."

„Das kann ich mir nicht vorstellen."

„Aber er ist der einzige Überlebende und könnte uns sagen, was er gesehen hat und somit Licht ins Dunkel bringen. Habt ihr ihn befragt?"

„Ja klar, mehrfach Sir. Entweder sagte er, das würdet ihr mir nicht glauben oder er murmelte immer wieder das gleiche Gebet."

„Tja, dann würde ich sagen: klarer Fall von Solstitium.

Sagt mal, welches Jahr haben wir eigentlich, Jungs?", erwiderte der ältere, einheimische Captain, grinste dabei wissend und begann zu rechnen!

ENDE

PERFEKT

Lukas stand am Bahnsteig und dachte: ‚Warum nur musste ich diese Zicke heiraten? Jetzt muss ich schon wieder zu ihrer Tante fahren und mir deren Geschwafel anhören. Ich Idiot hätte jede haben können! Aber nein, ausgerechnet Sarah musste es sein‘.

Selbst nach sieben Jahren Ehe wurde es nicht besser. Langsam bildete sich schon ein Geschwür in seinem Magen.

Sarah stand neben ihm, freudig lächelnd und sich sichtlich über die Abwechslung freuend. Angewidert schaute Lukas in die andere Richtung. ‚Noch fünf Minuten, dann kann ich im Zug wenigstens ein Bier trinken‘, dachte er, als er die Bahnhofsuhr sah. Der Bahnsteig füllte sich. Lukas stöhnte, als das Gedränge anfing. Gut, dass sie so früh am Bahnsteig waren und somit in der ersten Reihe. Immer mehr Menschen drängten auf den Bahnsteig. Immer wieder wurde Lukas angerempelt, was er mit wütenden Blicken quittierte. Dann sah er den Zug einfahren und dachte: ‚endlich‘.

Der Zug kam immer näher, das Gedränge wurde schlimmer - und dann geschah das Unfassbare! Sarah verlor das Gleichgewicht und fiel wie in Zeitlupe in Richtung Bahngleise. Hilfesuchend schaute sie zu ihm, und reflexartig streckte er die Hand nach ihr aus.

Dann sah er, wie sie das Gleichgewicht wiederfand und traf eine Entscheidung: Er gab ihr mit seiner Hand einen leichten Stoß. Entsetzt riss Sarah die Augen auf, schaute Lukas genau in die Augen und erkannte ein Lächeln in seinem Gesicht.

Dann war der Moment vorbei!

Mit einem schmatzenden Geräusch schlug Sarahs Körper auf der Vorderseite der Lok auf, wurde nach vorne geschleudert und durch die Schwerkraft nach unten gezogen. Dann überrollten sie die Zugmaschine und etliche Waggons, bis der Zug zum Stehen kam. Das alles passierte in einer Millisekunde.

Als der erste Schrei erklang, kam Lukas wieder zu sich.

‚Was habe ich nur getan? Ich hätte sie retten können‘, dachte er. Doch dann fielen ihm alle Probleme seines Ehelebens ein und er musste ein Lachen unterdrücken. ‚Perfekt, würde ich sagen. Ich bin sie los, ohne etwas getan zu haben‘, dachte er.

Doch sein Gewissen konnte er nicht belügen!

Jeder Tag nach dem Unglück wurde für Lukas ein perfekterer Tag. Selbst die routinemäßige Befragung durch die Polizei brachte ihn nicht aus dem Gleichgewicht. Er spielte den bestürzten Ehemann fast schon zu perfekt.

Dann kam der Tag der Beerdigung, und sein Gewissen meldete sich. Vorsichtshalber nahm er eine Valium-Tablette.

Man konnte ja nicht wissen!

Sie hatten keine Freunde, und von der Familie lebte nur besagte Tante. Doch seine Sorgen waren nicht unberechtigt. Zwei Kriminalbeamte waren anwesend. Er erkannte sie sofort, obwohl sie sich im Hintergrund hielten. Als die Tante ihn sah, fauchte sie ihn an und sagte mit zusammengebissenen Zähnen: „Du hast sie auf dem Gewissen, du Teufel."

‚Gut, dass ich die Pille genommen habe', dachte er und erwiderte cool: „Mach dich bitte nicht lächerlich, Hildegard. Lass uns nicht am Grab von Sarah streiten, bitte."

Sie schnaubte kurz auf, dann drehte sie sich von ihm weg und lauschte dem Pfarrer. Die Zeremonie dauerte nicht lange. Lukas verabschiedete sich von Hildegard. Als er den Friedhof verließ, drehte er sich noch einmal kurz um und fluchte, als er sah, wie die zwei Beamten sich mit Hildegard unterhielten.

‚Die Schnepfe wird mir mein perfektes Leben nicht versauen', dachte er siegessicher. Aber sein Magengeschwür meldete sich mit einem leichten Ziehen.

Er zog sich für zwei Wochen zurück und heuchelte Trauer. Dann buchte er eine Kreuzfahrt mit der Ausrede, Abstand zu gewinnen.

Für ihn wurde die Reise mehr als perfekt. Er ließ es richtig krachen, warf mit Geld nur so um sich und hatte jede Nacht eine andere im Bett.

Als er zurückkam, nahm er die Post aus dem überfüllten Briefkasten und warf sie auf den Küchentisch. Dann kramte er die Magentabletten aus seiner Tasche und schluckte eine. Zufrieden packte er seine Sachen aus und lüftete das Haus durch. Dann duschte er und bestellte sich eine Pizza zum Abendessen. Er gab dem Pizzaboten ein Extratrinkgeld, einfach so, weil er gute Laune hatte.

‚Jetzt beginnt mein richtiges Leben', dachte er und biss ein Stück Pizza ab. Mit der anderen Hand ging er die Post durch. Plötzlich stutzte er und legte die Pizza beiseite. Stirnrunzelnd betrachtete er den Brief in seiner Hand. Keine Adresse, kein Absender, nur der Name Lukas stand auf dem Umschlag.

‚Eine der Damen vom Schiff', dachte er, lächelte und öffnete den Brief. Das Lächeln gefror in seinem Gesicht und seine Hand zitterte. Schweißperlen bildeten sich auf der Stirn.

Dann warf er den Brief zu Boden und atmete tief durch.

Als er sich wieder gefangen hatte, dachte er: ‚Das muss ein Scherz sein.'

Dann bückte er sich, hob den Brief widerwillig auf und schaute sich die Handschrift genauer an. Plötzlich stand er auf und kam mit einem weiteren Brief zurück. Er packte ihn aus und legte die beiden nebeneinander. Er stöhnte auf und starrte mehrere Minuten sprachlos auf die beiden Papierstücke.

‚Hildegard', dachte er.

Doch dann schüttelte er den Kopf und sagte: „Es ist ihre Handschrift, oder zumindest ist sie perfekt nachgemacht."

Dann nahm er den aktuellen Brief in die Hand und las ihn laut vor: „Hallo Liebling! Bald schon bin ich genesen und wir können uns wiedersehen. Ich freue mich schon darauf.

In Liebe Sarah."

In den folgenden Nächten schlief er sehr schlecht.

Sein Gewissen plagte ihn ebenso sehr wie sein Magen.

Dann kam der zweite Brief, in dem dieses Mal nur ein Satz stand: „Lukas, bald sehen wir uns wieder!

LG Sarah."

In dieser Nacht hätte er schwören können, ihre Stimme gehört zu haben. Bei der Arbeit konnte er sich nicht konzentrieren, und als er nach Hause kam, blinkte sein Anrufbeantworter. Mit einem mulmigen Gefühl drückte er auf den Abhörknopf: „Hallo Lukas! Wie versprochen, komm ich bald. Ich liebe dich."

Das war zu viel für seine Nerven. Er setzte sich direkt auf den Boden. Seine Beine zitterten, und es dauerte lange, bis er sich beruhigte. Immer wieder meldete sich sein schlechtes Gewissen.

Seine Gedanken rasten und er wusste nicht, was er tun sollte. Irgendwann stand er auf, schenkte sich einen doppelten Ramazotti ein und trank ihn in einem Zug. Wenig später nahm er die Visitenkarte der Polizei in die Hand und wählte die Nummer.

Eine Stunde später wimmelte es in seinem Haus voller Menschen. Das ganze Haus wurde durchsucht, die Schrift wurde verglichen und eine Stimmanalyse bestätigte, was Lukas schon längst wusste.

„Sie denken im Ernst, dass sie noch lebt?", fragte einer der Polizisten. Lukas nickte.

„Öffnen wir den Sarg, dann wissen wir es", sagte der andere, und ergänzte: „Das geht natürlich nur mit Ihrer Zustimmung."

„Kein Problem, können Sie haben", antwortete Lukas mit schwerer Stimme.

Am Abend war der ganze Spuk vorbei. Er war wieder alleine im Haus. Nachdenklich saß er auf seinem Sessel und starrte ins Leere. Plötzlich hörte er ein Lachen - ihr Lachen! - und es kam von oben aus dem Bad! Blitzschnell stand er auf und rannte nach oben, riss die Badezimmertür auf - und erstarrte! Niemand war zu sehen, aber auf dem Spiegel stand mit Lippenstift geschrieben nur ein Wort: „bald."

„Du verdammte Schlampe, gönnst mir mein perfektes Leben nicht! Selbst im Tod quälst du mich noch. Ich hasse dich, ich habe dich schon immer gehasst", schrie er wie von Sinnen.

Als er wieder einatmen wollte, spürte er einen Stich in seiner Magengegend und stöhnte. Als der Schmerz vorüber war, hörte er ihr Lachen aus der Küche. Doch es war ihm egal. Erschöpft ging er ins Schlafzimmer, legte sich auf sein Bett und schlief sofort ein.

Von Alpträumen geplagt, wachte er am nächsten Morgen auf und schlurfte ins Bad. Resignierend erfasste er, dass hinter dem „bald" weitere Buchstaben standen: „Bald sind wir wieder vereint, Liebster."

Als er sich selbst im Spiegel sah, erschrak er und flüsterte: „Ich bin nur noch ein Schatten meiner selbst."

Er wandte sich ab und machte sich fertig für den Tag der Tage. Heute würde er Gewissheit haben, denn die Graböffnung fand um 11 Uhr statt. Und dann würde sich alles zum Guten wenden.

Ungeduldig lief er auf und ab, und sah nicht, wie die beiden Polizisten jeden seiner Schritte verfolgten. Tief in seinem Inneren fühlte er, dass die beiden etwas ahnten, aber nichts beweisen konnten.

‚Wenn sie mein Konto überprüft haben, bin ich am Arsch‘, dachte er noch. Dann wurde er durch den Ruf der Arbeiter aus seinen Gedanken gerissen. Die beiden schauten ihn fragend an, er nickte, und sie öffneten den Deckel.

„Ach du Scheiße!", rief einer der Arbeiter, und Lukas beugte sich über die Öffnung, um besser sehen zu können. Ein Schrei entfuhr seiner Kehle, und er schlug die Hände vor den Mund, um ihn zu unterdrücken.

Fassungslos starrten fünf Augenpaare in den geöffneten Sarg, bis einer der Beamten sagte: „Unglaublich!"

Lukas setzte sich auf die Friedhofsbank in der Nähe der Grabstätte und starrte benommen zu Boden.

Einer der Polizisten setzte sich neben ihn, während sein Kollege sich um die Beweisaufnahme kümmerte.

„Hätten Sie vielleicht eine Erklärung?", fragte er.

Aber Lukas antwortete nicht. Später setzte sich der hinzugezogene Psychologe zu Lukas und wiederholte die Frage. Diesmal antwortete Lukas mit brüchiger Stimme: „Sie meinen ernsthaft, ich wüsste, wer eine mit Sand gefüllte Gummipuppe in den Sarg meiner Frau gelegt hat?"

„Vielleicht haben Sie ja eine Ahnung?", erwiderte der Psychologe.

Lukas schüttelte den Kopf. Als ihm klar wurde, dass Sarah vielleicht noch am Leben war, begann er - mehr vor Wut als vor Trauer - zu weinen.

Als er wieder zu Hause war, trank er die halbe Flasche Ramazotti in einem Zug leer. Beim Urinieren schaute er zum Badezimmerspiegel und lächelte, als er die hinzugefügten Zeilen las: „Morgen sind wir wieder vereint, Liebster."
Er drückte die Spülung und sagte mit Blick zum Spiegel: „Komm nur, du Schlampe. Dann töte ich dich noch einmal. Es wird mir ein Vergnügen sein."
Betrunken schlurfte er zum Bett und schlief sofort ein.

Am nächsten Morgen wachte er verkatert auf. Dann fielen ihm die Worte auf dem Spiegel wieder ein. Schlagartig war er wieder nüchtern und rannte in den Keller.
Mit einer Axt kam er zurück, stellte sie hinter die Eingangstür und kontrollierte alle weiteren Zugänge des Hauses. Zufrieden ging er nach oben und schaute durch einen Spalt nach unten zum Eingang. Er musste nicht lange warten. Trotzdem stöhnte er auf, als er die blonde Frau sah, die den Weg zum Eingang nahm.

„Da bist du ja, du Biest. Dieses Mal werde ich es richtig machen", sagte er und lief kichernd nach unten. Mit wirrem Blick grinsend, schnappte er sich mit einer Hand die Axt, die andere legte er auf den Türgriff. Sein Herz raste, sein Blutdruck schoss ins Unermessliche, aber die Schmerzen in seiner Brust ignorierte er. Seine Nebenniere produzierte Unmengen von Adrenalin - dann klingelte es! Er gab die Verriegelung frei und hob mit beiden Händen die Axt in die Höhe.

„Hallo!", rief jemand.

Dann öffnete sich langsam die Tür und Sarah trat ein.

Blitzartig schlug Lukas die Tür zu, und die Axt schnellte nach unten. Wie von Sinnen schlug er immer wieder auf sein Opfer ein und rief dabei: "Jetzt bist du endlich tot, du verdammte Schlampe." Blut spritzte in alle Richtungen und Körperteile wurde abgetrennt.

Lukas, wild lachend, schlug immer weiter zu, obwohl sich sein Opfer nicht mehr bewegte. Triumphierend stand er über den leblosen Körperresten, starrte auf den Hinterkopf und zielte. Mit einem lauten Lachen schlug er zu, und der Kopf wurde vom Körper getrennt! Langsam rollte er in Richtung Tür. Lukas hörte nicht mehr auf zu lachen, bis der Kopf zum Stillstand kam und tote Augen ihn vorwurfsvoll anstarrten.

„Das ist ja gar nicht Sarah!", stammelte er.

Plötzlich bemerkte er den Schmerz in seiner Brust. Diesmal konnte er ihn nicht mehr ignorieren, denn das war das Letzte, was er spürte in seinem Leben. Der Herzinfarkt war gnadenlos und raffte ihn sofort dahin!

„Was sollen wir in den Bericht schreiben?", fragte der Polizist, der den Fall von Anfang an verfolgte.

„Ich mutmaße jetzt mal: Der Täter muss bei dem Unfall seiner Frau irgendwie beteiligt gewesen sein. Sein schlechtes Gewissen ließ ihn nicht los, und er sorgte selbst für den Brief und die Nachrichten des angeblichen Geistes seiner Gattin. Als dann bei der Ausgrabung ihre Leiche nicht da lag, wo sie hätte liegen sollen, drehte er vollends durch. Frau Fries vom Bestattungsunternehmen konnte nichts dafür, dass sie seiner Frau so ähnlich sah. Sie wollte ihm nur mitteilen, dass die Leiche seiner Frau gefunden wurde. Die Lehrlinge hatten sich mit der Puppe einen Streich erlaubt und vergessen, ihn rückgängig zu machen. Ja, und dann war klar, was passieren musste."

„Die arme Frau! War zur falschen Zeit am falschen Ort."

„Tragische Geschichte."

„Komm, lass uns Feierabend machen und den Bericht morgen schreiben."

Die beiden verließen das Haus, brachten die Versiegelung an und fuhren davon.

Niemand sah, wie plötzlich am Spiegel im Badezimmer neue Schriftzeichen wie von Zauberhand entstanden. Hätten die Beamten es gesehen, wer weiß, was sie dann gedacht hätten!

Mit blutroten Buchstaben geschrieben stand da:

„Jetzt ist es perfekt! Du Schwein wirst in der Hölle schmoren, wie du es verdient hast.

Sarah."

ENDE

DEJA VU

Mir geht das verdammte Lied nicht mehr aus dem Kopf. Ich frage mich ständig, wie Herwig Mitteregger von Spliff auf die Idee kam, genau diesen Text in den Achtzigern so zu schreiben.

Ich setze die Flasche an und nehme einen kräftigen Schluck. Ist die letzte Flasche Whisky, und somit auch der letzte Alkohol an Bord. Als mir der Fundort einfällt, muss ich grinsen. Der Kapitän hatte sie auf der Brücke versteckt, direkt unter seinem Sitz, in einem zusätzlich installierten Geheimfach. Der alte Haudegen konnte saufen wie ein Loch. Ich begutachte das Etikett, schnalze mit der Zunge und nicke anerkennend wegen dieses edlen Tropfens. Vorsichtig verschließe ich die Flasche wieder und stelle sie unter die Liege in den Schatten. Dann schau ich auf mein Handy und fluche: „Scheiße, nur noch 10 % Ladekapazität. Die Solarzellen sind schon fast alle ausgefallen."

Nachdem ich zwei Sekunden überlege, rufe ich:
„Scheiß drauf", starte den Player und singe lautstark mit:

„Ich bin jetzt raus.
Jetzt steh ich hier.
Das Wasser riecht nach Gift.
Und 'n toter Vogel kommt vorbei und stirbt.
Der Kellner spielt Klavier.
Wir sind die letzten von hundertzehn.
Wir warten bis die Zeit vergeht.
Tausend Tage und Nächte auf See.
Das Land kommt nie zurück.
'Ne Menge Mädchen war'n dabei und lachten.
Viel zu schön, um zu geh'n.
Wir war'n so hungrig.
Wir war'n so kalt.
Wir wollten nie zurück.
Und jetzt treiben wir rum auf dem toten Schiff.
Und warten bis die Zeit vergeht.
Deja Vu, Deja Vu, Deja Vu.
Der Rote Hugo hängt tot im Seil.
Die Leiche stinkt nach Shit.
Wie'n weißer Engel.
Schön wie Schnee hängt er da.
Eh
Du tust dir doch weh!
War'n wilder Kerl mit feuchtem Blick.
Doch der kommt nie zurück.
So schreib' dein Leben auf ein Stück Papier.
Und warte bis die Zeit vergeht.
Deja Vu, Deja Vu, Deja Vu[2]"

---

[2] *Songtext von Déjà vu © Sony/ATV Music Publishing LLC*

Mein Gehirn - oder besser gesagt, was davon noch funktioniert - versucht den Text mit meiner aktuellen Realität zu vergleichen:

Das Wasser riecht nicht nach Gift, und Vögel habe ich schon ewig nicht mehr zu Gesicht bekommen. Der Klavierspieler spielt jetzt wohl in der Hölle, und die tausend Tage auf See habe ich erreicht, oder vielleicht auch nicht – was weiß ich. Ich bin jedenfalls der Letzte von 1.500 Gästen und 1.000 Besatzungsmitgliedern, ohne die später dazu Gekommenen. Als ich an die Mädchen denke, beginne ich zu weinen. Ich kann die Emotionen nicht mehr stoppen. Es ist einfach so viel Unfassbares passiert, und mein Gehirn hat immer öfter Probleme, konzentriert zu denken. Nach ein paar Minuten geht es wieder. Ich überspringe die Mädchen und widme mich der Zeile mit Hugo. Ich überlege, und mir fällt ein, dass sich wirklich einer am Sprungbrett erhängt hat. Ok, er ist nicht rothaarig und heißt auch nicht Hugo, sondern…? Ich kann mich nicht mehr an seinen Namen erinnern, egal. Ein wilder Kerl war er, und Shit hatten wir genügend an Bord. Und nicht nur Shit! Einfach alles, was das Herz begehrte, in Massen. Ich muss lachen und denke dabei an den letzten Koks in meiner Tasche.

Dann trifft mich die Erkenntnis wie ein Schlag und ich spritze auf. Alles dreht sich! Ich habe Mühe, mich auf den Beinen zu halten, aber ich schaffe es.

Das ist es, sag ich mir. Genau das werde ich jetzt tun.

Ich schreibe mein Leben auf ein Stück Papier!

Zehn Minuten später, von wilden Flüchen begleitet, sitz ich in meiner Kapitäns-Kajüte am Tisch. Die Flasche Whisky neben mir, vor mir ein Block und ein Kugelschreiber.

Ich überlege und beginne mit dem Satz: „Wie alles begann"

—   —   —

Erik und ich saßen im Reisebüro und hörten der hübschen Blondine zu, die uns eine Schiffsreise schmackhaft machen will: „Das erste Schiff mit LNG-Antrieb, also umweltfreundlich. Daher auch der Name il Primo, das Erste auf Italienisch. Die Designer aus Mailand haben versucht, das berühmte Flair Italiens abzubilden, und es ist ihnen bombastisch gelungen."

‚Deine Mutter hat dich auch bombastisch hinbekommen', dachte ich und konnte mich nicht von ihrem Ausschnitt trennen. So pralle, wohlgeformte Möpse hatte ich schon lange nicht mehr gesehen.

Sie räusperte sich, und ich blickte ihr wieder in die Augen – also in die echten! - und stellte mit Befriedigung fest, dass sich ihre Wangen leicht gerötet hatten.

„Das Schiff wurde in diesem Jahr fertiggestellt. Sie wären bei der Jungfernfahrt dabei, was bei Kreuzfahrten immer etwas Besonderes ist, da die Gästeanzahl begrenzt ist. Das Schiff ist 330 Meter lang, hat 21 Stockwerke und kann 6.500 Gäste aufnehmen. Sie können in elf unterschiedlichen Restaurants speisen; drei Kinos und zwei Theater hat es auch an Bord. Und natürlich das Sonnendeck, mit dem riesigen Pool und den beiden Bars, ist auch nicht zu verachten."

„Partys?", unterbrach Erik ihren Redefluss.

Schlagfertig erwiderte sie mit einem zuckersüßen Lächeln: „Na klar, auch für etwas Ältere gibt es dort Partys. Sie müssen sich keine Sorgen machen. Für Ihr Vergnügen ist bestens gesorgt."

Das saß! Erik lehnte sich beleidigt zurück und ich ergriff die Initiative: „Darf ich Sie einladen uns zu begleiten?" hauchte ich. Und als ob jemand darauf gewartet hätte, stand plötzlich ein Muskelpaket hinter ihr und blickte mir tief in die Augen.

„Nur, wenn ich auch mitkommen darf", sagte er trocken, und wir fingen alle zu lachen an, manche aus Verzweiflung oder aus Scham.

Wenig später verließen wir das Reisebüro und schlenderten noch durch die Stadt. In einem Cafe machten wir Halt.

Ich schaute Erik fragend an: „Was ist los Alter, war doch cool ihr Spruch, oder?"

„Ja klar, darum geht es nicht. Ich habe irgendwie ein ungutes Gefühl", antwortete er.

Ich erwiderte: „Du hast wohl Angst vor einer Geschlechtskrankheit?"

Eine Woche später gingen wir in Genua an Bord der il Primo - ein beeindruckendes Schiff! Ich war schon nach unserem ersten Rundgang ziemlich überwältigt. Fast nur Leute in unserem Alter oder jünger. Wie versprochen, kein Familienschiff - ergo auch keine Kinder! Hübsche Mädels, wohin das Auge reichte. Ich war überglücklich! In unserer Außenkabine öffnete ich die Balkontür und trat hinaus. Tief einatmend drehte ich mich dabei einmal im Kreis und freute mich, einfach mal vier Wochen abzuschalten.

Beim Abendessen gesellten sich Lena, Julia und Mila zu uns an den Tisch. Wir hatten einen netten Abend, der gemeinsam in unserer Kabine endete.

Ich war der Erste, der mit unglaublichen Kopfschmerzen am nächsten Morgen aufwachte. Was waren das nur für Pillen, die Mila verteilt hatte?

Durch die geöffnete Balkontür zog eine leichte Brise und mir fröstelte. Jetzt erst bemerkte ich, dass ich nackt war und übersät mit leichten Kratzspuren. Dann fielen mir einige unartige Dinge wieder ein, und ich lächelte, was dazu führte, dass sich die Kopfschmerzen wieder verstärkten. Vorsichtig weckte ich Erik, und wir zogen uns leise an. Beim Blick auf die nackten Mädels wurden wir beinahe wieder schwach. Aber der Drang nach Kaffee war dann doch stärker. Nachdem wir uns aus dem Zimmer geschlichen hatten, wankten wir zum Sonnendeck an die Bar. Zwei Kaffee und zwei Jägermeister später waren wir wieder auf der Höhe - einigermaßen.

Zurück im Zimmer, waren die Mädels verschwunden. Mit Lippenstift hatten sie ihre Zimmernummern an den Spiegel geschrieben. Ich schaute Erik grinsend an und sagte:

„Na, immer noch ein ungutes Gefühl?"

Er schlug mir auf die Schulter und verneinte lachend.

So verging die erste Woche. Es hätte nicht schöner sein können! Wir verbrachten die meiste Zeit mit Mila und Julia. Lena hatte ein Auge auf den Kapitän geworfen und tat alles, um mit ihm in die Kiste zu steigen.

Hektor war ein hübscher Kerl, natürlich braungebrannt und ein Muskelpaket dazu. Mila erzählte mir, dass Lena bei einer Uniform abginge wie Schmitz' Katze, auch ohne Drogen.

Am sechsten Tag hatte sie Erfolg und erzählte uns jede Einzelheit. Hektor war ehemaliger Navi-Seal. Dies war sein erstes Touristenschiff. Er war durch seine Spezialausbildung sogar in der Lage, einen Flugzeugträger zu steuern. Mir war es recht, damals!

Am siebten Tag erhielten wir dann die erste Nachricht über das Virus. Alle Personen mussten in ihre Kajüte gehen. Das Personal versammelte sich im Kino und im Theater. Ich dachte zuerst, dass es sich um eine Übung handelte. Doch die Lage war ernster, als mir damals bewusst war.

Eine Virusgrippe breitete sich gerade auf der ganzen Welt aus. Das Virus war sehr aggressiv und hochansteckend. Die Medien stritten sich darum, wie und wo es ausgebrochen war. Wir glaubten, dass das Militär dahintersteckte und das Virus in einem Geheimlabor außer Kontrolle geraten ist. Irgendwer hatte dann das Virus auf den Namen „Captain Trips" getauft, wie in dem Buch „The Stand" von Stephen King.

Die erste Gänsehaut lief mir über den Rücken. Mila drückte meine Hand so fest, dass ich Angst hatte, dass sie mir die Finger bricht.

Uns wurde mitgeteilt, dass wir den Hafen von New York nicht wie geplant anlaufen dürften. In den Großstädten würde sich das Virus rasend schnell ausbreiten.

Hektor, der Kapitän, wurde von der Reederei aufgefordert, erst einmal an der Ostküste der USA entlang zu kreuzen - bis auf Weiteres!

Die Nachrichten wurden immer schlimmer. Langsam breitete sich Panik auf dem Schiff aus. Durch Lenas Liaison mit Hektor gehörten wir zum erlauchten Kreis am Tisch des Kapitäns und wurden mit den neuesten Nachrichten versorgt. Hektor begann sich über die Moral der Truppe Sorgen zu machen und überlegte sich Maßnahmen, um eine Meuterei zu verhindern. Mila und ich machten uns eher Sorgen um Lena, die mehr unter, als am Tisch saß.

Die Beschreibung der Auswirkungen des Virus wurde schlimmer als die Moral auf dem Schiff. Hektor und seine Offiziere bewaffneten sich eines Tages, und es dauerte nicht lange, bis sie auch Gebrauch davon machten.
Der Ton wurde rauer an Bord, und es wurde immer unangenehmer am Tisch des Kapitäns!
Mit Schrecken verfolgten wir die Veränderung der Crew. Und dann passierte, was passieren musste: Während uns Hektor ein Video vorspielte, bei dem im Zeitraffer zu sehen war, wie das Virus die Haut von innen auffrisst und Teile der Haut einfach abfallen, musste ich mich übergeben.

Als ich fertig war, schaute mich Hektor mit böse funkelnden Augen an und wollte gerade losbrüllen, als plötzlich Lena an den Tisch humpelte. Als Mila die vielen blauen Flecken an ihrem geschundenen Körper sah, stöhnte sie auf. Lena zeigte auf Hektor und rief mit blutunterlaufenden Augen: „Hektor, du Schwein."

Lachend stand er auf, zog seine Waffe und feuerte ihr genau zwischen die Augen. Die Kugel trat an Lenas Hinterkopf heraus und landete mit einem Plopp in der Wand. Lena fiel in Zeitlupe zu Boden. Hektor sprang auf den Tisch. Mit wildem, fest entschlossenem Blick schaute er in die Runde und rief: „Hat noch jemand Beschwerden?"

Nachdem sich niemand traute, etwas zu sagen, nahm Hektor wieder Platz, schaute mich an und flüsterte: „Verschwinde."

Das ließ ich mir nicht zweimal sagen, stürmte fluchtartig aus dem Saal und sah, wie Erik, Mila und Julia mir folgten.

Erik und ich besorgten Vorräte für mehrere Tage und schlossen uns mit den Mädels in unserer Kabine ein.

„Was sollen wir nur tun?", jammerte Julia. Erik konnte sie nicht trösten. Irgendwann schlief sie in den Armen von Mila ein.

Plötzlich packte Erik seinen Radiowecker und sagte:

„Wir sind doch in Küstennähe, da müsste doch das Radio funktionieren, wenn wir schon kein Netz haben."

Es dauerte ein wenig, aber wir empfingen einen Sender und lauschten. Nach einer Stunde schlief auch Mila ein.

Erik flüsterte: „Verdammt, die ganze Welt ist von dem scheiß Virus befallen. Die Menschen sterben wie Mücken. Wie ist das nur möglich?"

„Auf dem Schiff sind wir am Sichersten, zumindest bis der Alptraum vorbei ist", erwiderte ich.

„Spinnst du, bei dem Verrückten! Hast du schon vergessen, was vorhin passiert ist?"

„Nein, hab ich nicht. Aber willst du von innen aufgefressen werden?"

„Nein, will ich auch nicht. Aber hierbleiben will ich auch nicht."

„Wir halten uns an die Spielregeln und versuchen, unsichtbar zu bleiben."

„Keine schlechte Idee."

„Die Beste, die wir haben."

„Ja, ich hab's kapiert!"

Unsere Strategie bestand darin, dass immer nur einer Vorräte für den Tag besorgte, während die anderen auf dem Zimmer blieben.

Drei Tage später war Erik an der Reihe. Ich setzte mich auf den Balkon. Plötzlich sah ich von Weitem ein Schiff, das in unsere Richtung steuerte. Ich rief die anderen, und wir beobachteten die Szenerie, bis Erik zurückkam. Schnell stellte sich heraus, dass es sich bei dem Schiff um einen LNG-Tanker handelte. Der Tanker legte auf unserer Seite an. Mit offenem Mund beobachteten wir, wie sich mehr als dreißig schwer bewaffnete Männer an Bord begaben.

„Jede Wette: Hektor hat seine alten Freunde zu sich kommen lassen und dabei noch für Sprit gesorgt", sagte ich. Mila erwiderte: „Nicht nur Sprit, schaut mal!"

In wenigen Minuten bildete sich eine Menschenkette. Kiste um Kiste wurde an Bord gebracht. Nach mehr als drei Stunden war die Übergabe beendet, unser Schiff vollgetankt und das Tankschiff wurde abgetrennt.

Mittlerweile war es dunkel. Steuerlos entfernte sich der Tanker langsam von der il Primo. Als er etwas mehr als zwei Kilometer entfernt war, hörten wir ein Zischen - und wenig später explodierte der Tanker. Dann begann die Party!

Nach einer weiteren Woche hatten sich die Menschen an Bord in mehrere Gruppen aufgespalten. Da war zum einen Hektors Partytruppe, ständig unter Drogen oder Alkohol, und immer wilder feiernd.

Dann gab es die Sekte der Erleuchtung, die sich im Theater eingeschlossen hatten. Die Wilden auf Deck 13, die jedem, der sich ihnen näherte, sofort den Garaus machten - und es gab uns! Die, die sich zurückgezogen hatten. Wir hatten uns Werkzeuge besorgt und einen Durchbruch zur leeren Nebenkabine hergestellt. So hatten wir mehr Platz für die Vorräte, die wir haufenweise bunkerten, solange es noch möglich war.

Die letzten Nachrichten, die wir im Radio hörten, waren nicht positiv. Das Virus raffte immer mehr Menschen dahin. Es gab kein Land und keine Stadt auf der ganzen Welt, wo keine Toten zu beklagen waren.

Dann steuerte Hektor das Schiff weg von der Küste - und nach meinem Orientierungssinn in Richtung Süden.
Es wurde immer wärmer. Nach einigen Tagen, ich hatte aufgehört zu zählen, sahen wir eine Insel. Das erste Land seit Genua!

Die Buschtrommeln des Schiffes kündigten einen Landgang Hektors an - auf Ascension. Mir fiel gleich ein, dass die Insel mit St. Helena zu Großbritannien gehört und zwischen Afrika und Südamerika liegt.

„Was will Hektor dort?", stellte ich die Frage in den Raum.

Mila antwortete: „Proviant holen – oder?"

Wir nickten und aßen schweigend unsere Dosen mit Thunfisch leer.

Danach passierte, was zwangsläufig passieren musste:

Das Virus kam an Bord!

Der Landgang dauerte nicht lange. Hektors Marines kamen völlig verstört mit leeren Händen zurück.

Nach nur einem Tag zeigte der erste der Landgänger die typischen Symptome. Hektor fackelte nicht lange, erschoss seinen Kameraden höchstpersönlich und ließ ihn über Bord gehen. So vermittelten es die Buschtrommeln! Ich war nicht dabei, aber ich glaubte der Version. Dann holte er den Anker ein und wir entfernten uns von der Insel, auf die offene See hinaus.

Die Partys wurden lauter - und gelegentlich hörten wir Schüsse!

Immer wieder wurde an unserer Tür gerüttelt und um Einlass gefleht, aber wir blieben standhaft! Keiner traute sich mehr nach draußen. Langsam, aber sicher, schrumpfte unser Proviant.

Die psychische Belastung war bald nicht mehr zu ertragen, und die verzweifelten Schreie trugen mit dazu bei. Mit Rationalisierungsmaßnahmen konnten wir uns ganze drei Wochen zurückziehen. Dann kam der Tag, an dem wir unser Versteck verlassen mussten.

Vorsichtig öffnete ich die Tür und betrat als erster den Gang. Sofort schlug mir der süßliche Verwesungsgeruch entgegen. Ich hatte Mühe, mich nicht zu übergeben. Den anderen erging es ähnlich, was unschwer zu erkennen war. Erik würgte sogar, bekam sich dann aber in den Griff.

Langsam gingen wir zur Treppe, unserem Ziel entgegen: dem Pool und der Poolbar! Dort hofften wir, noch Vorräte zu finden. Kein Laut war zu hören, und mir stellten sich alle Nackenhaare! Keiner berührte irgendeinen Gegenstand, so wie wir es vorher besprochen hatten.

Als ich die Tür zum Promenadendeck mit dem Fuß aufstieß, wehte mir etwas frischere Luft um die Nase und das Brennen in den Augen ließ nach. Ich blieb stehen. Irgendetwas war nicht richtig! Ich spürte deutlich, dass etwas nicht stimmte, doch Erik überholte mich, mit Julia an der Hand, und steuerte auf die Bar zu.

Ich schaute mich genauer um - und eine Gänsehaut auf meinem ganzen Körper breitete sich aus! Im Pool schwammen mehrere tote Leiber, manche so aufgedunsen, dass sie sich bestimmt schon länger darin befanden. Auf mehreren Sonnenstühlen lagen Menschen, oder das, was von ihnen übrig geblieben war! Überall lagen Gliedmaßen herum und sahen aus, als ob sie jemand verspeisen wollte. Alle Zombiefilme, die ich je gesehen hatte, fielen mir schlagartig ein und ich begann zu zittern. Mila drückte meine Hand fester, und ich beruhigte mich wieder etwas.

Mila und ich waren mittlerweile ein gut eingespieltes Team. Jeder von uns beiden wusste, wann der andere Trost oder Unterstützung benötigte. Vorsichtig setzten wir uns in Bewegung, auf die andere Bar zu, als plötzlich die Hölle losbrach! Von überall fielen sie über uns her. Fürchterlich entstellte Menschen, bei denen zum Teil schon die Knochen zu sehen waren. Mila und ich hatten mehr Glück als Erik und Julia! Blitzartig zog ich mich mit ihr zurück und schaute aus dem Augenwinkel zu Erik und Julia. Sie waren umringt von den noch lebenden Toten. Keine Chance zur Flucht! Und hinter uns war eine weitere Horde her. Ohne zu überlegen, trat ich die Tür auf und zog Mila mit aller Kraft hinter mir her.

Als wir unsere Kajüte erreichten, schloss ich mit zittrigen Fingern auf und stieß Mila unsanft hinein. Dann knallte ich die Tür zu und verriegelte sie. Stumm standen wir zu zweit hinter der Tür und lauschten dem Klopfen, dem Stöhnen, dem Schreien und Kratzen an der Tür, bis es nach einer gefühlten Ewigkeit langsam immer weniger wurde - und dann ganz aufhörte.

Mila setzte sich auf das Bett, schluchzte und begann hemmungslos zu weinen. Langsam fiel meine Körperstarre ab. Ich setzte mich neben sie und weinte einfach mit.

Nach mehreren Stunden klopfte es plötzlich an der Tür, und Eriks brüchige Stimme erklang: „Jan, Mila! Ich bin's, Erik. Lasst mich bitte rein."

Ich schaute in Milas fassungslose Augen - und all meine Schweißdrüsen produzierten Flüssigkeit im Überfluss.

Mein Bauch schrie: ‚Mach die verdammte Tür auf', während mein Verstand rief: ‚Er ist infiziert, nicht öffnen'. Hilflos schaute ich ständig von der Tür zu Mila und wieder zurück.

Dann nahm mir Erik die Entscheidung ab, als er wütend gegen die Tür trat und schrie: „Du verdammtes Arschloch! Lässt uns hier draußen verrecken. Aber ihr kommt auch noch dran, das verspreche ich euch."

Dann lief er lachend davon.

„Ich habe meinen besten Freund im Stich gelassen", flüsterte ich. Mila versuchte, mich zu trösten.

Jeder von uns Vieren hatte eine kleine eigene Notration versteckt. Wir fanden sie alle - und hatten so noch Vorräte für mindestens eine Woche - doch wir sollten sie nicht benötigen! Das Schicksal wollte es anders! Keine 24 Stunden später begann sich Mila zu kratzen, und einige Hautfetzen lösten sich. Dann kam das Fieber dazu. Wir wussten beide, was das für uns bedeuten würde.

Wir würden beide hier in der Kajüte an dem Virus sterben! Das war uns klar. Doch bei mir zeigten sich noch keine Symptome. Nach drei Tagen kam Mila etwas zu sich und starrte mich flehentlich an. Ihr Körper war übersät mit Ekzemen, und die Haare waren ihr büschelweise ausgefallen. An den Zehen konnte man das rohe Fleisch erkennen, das durch die Krankheit schwarz gefärbt war.

„Tu es endlich, bitte" flüsterte sie.

Doch ich konnte es einfach nicht! Als ihr wenig später der Fuß abfiel - einfach so! - übergab ich mich. Dann starrte ich in ihre flehenden Augen und nickte.

Erleichtert flüsterte sie mit letzter Kraft: „Danke".

Dann schloss sie ihre Augen, dank mir, für immer!

Ich nahm ein Kissen und drückte es ihr ins Gesicht. Sie wehrte sich nicht. Ihr Körper zuckte nur leicht. Irgendwann nahm ich das Kissen von ihrem Gesicht. Leere Augen starrten mich an, aber ein Lächeln lag auf ihren zerfressenen Lippen.

Ich weinte ununterbrochen, bis keine Träne mehr kam, und ging in ein Schluchzen über.

„Warum ich nicht?", fragte ich immer wieder, bis ich irgendwann einschlief.

Als ich aufwachte, legte ich eine Decke über Milas toten Körper, spannte meine Muskeln an und machte mich auf den Weg. Ohne Furcht betrat ich den Flur! Was konnte mir schon passieren - außer dem Tod? Die Tür ließ sich nicht ganz öffnen, da sich mehrere Leichenteile zum Geländer hin eingeklemmt hatten. Dann sah ich die Pistole auf dem Boden liegen und bückte mich. Angewidert erhob ich mich wieder, als ich erkannte, dass an der Pistole noch die Hand des Besitzers hing!

Zurück im Zimmer, nahm ich ein Handtuch und wickelte es mir über den Mund und die Nase, dann trat ich mit einem weiteren Handtuch in den Flur.

Ich atmete tief durch, was bei den Luftverhältnissen und dem provisorischen Mundschutz schon viel Überwindung kostete, bückte mich und entfernte mit spitzen Fingern die angefaulte Hand von der Pistole. Dann reinigte ich sie und stellte mit Erleichterung fest, dass noch fünf Schuss Munition im Magazin steckten. Zufrieden setzte ich meinen Rundgang fort und trat durch die zerstörte Tür zum Pool auf das Promenadendeck. Leichen, wohin ich schaute – überall! Und es stank fürchterlich. Ich tat mir schwer, dem Brechreiz nicht nachzugeben.

„Na Jan, noch gesund?", hörte ich plötzlich jemanden krächzen und drehte mich zu der Stimme um, die Pistole im Anschlag.

„Erik", hauchte ich und schaute auf einen zerschundenen Körper in einem der Liegestühle. Ich erkannte ihn nur an den Kleidern, die er trug. Von seinem Gesicht war nicht viel übrig.

Ich musste mich jetzt doch übergeben!

Erik begann zu grinsen.

„Sei ein Mann und töte mich, bitte!", flüsterte die Gestalt vor mir.

Ich raffte all meinen Mut zusammen, richtete die Pistole auf seinen Kopf. Meine Arme zitterten so stark, das ich dreimal ansetzen musste, bis ich in der Lage war, abzudrücken.

Fassungslos sah ich zu, wie Eriks Kopf in einer Wolke aus Blut einfach so zerplatzte. Dann traf mich der Querschläger an meinem rechten Oberarm! Ich begann zu schreien.

Mehr vor Wut über meine Dummheit, als vor Schmerzen.

Es war nur ein Kratzer, den der Querschläger verursacht hatte. Aber es blutete, und die Wunde musste versorgt werden. Als ich auf den Rest von Eriks zerfressenem Körper blickte, musste ich zwangsläufig grinsen, als ich an meine Wunde dachte.

„Ich darf nicht durchdrehen", sagte ich und überlegte, auf welchem Deck das Krankenhaus des Schiffes untergebracht war. Als es mir einfiel, bekam ich eine Gänsehaut, weil mir klar wurde, dass ich am Theater vorbei musste, in dem sich die Sekte eingeschlossen hatte.

Das kalte Metall der Waffe holte mich zurück und gab mir ein beruhigendes Gefühl. Zuversichtlich setzte ich mich in Bewegung und flüsterte: „Erik, dein mieses Gefühl hat dich verdammt nochmal nicht getäuscht. Wir hätten darauf hören sollen. Leb wohl mein Freund!"

Vorsichtig ging ich in den Flur zurück und starrte über das Geländer nach unten. Als ich sah, was ich vermutet hatte, musste ich mich trotzdem übergeben. Widerwillig betrat ich das Treppenhaus. Dabei musste ich über mehrere verfaulte Körper steigen.

Als ich an Deck 13 vorbeiging, bekam ich eine Gänsehaut und lief schneller.

Im 10. Stockwerk betrat ich wieder den Flur und stand vor dem Theatereingang. Musik erklang hinter der Tür, und ich überlegte, ob ich einfach weitergehen oder nachschauen sollte.

‚Vielleicht hat ja noch jemand überlebt‘, dachte ich und öffnete vorsichtig die Tür.

Beinahe fiel mir die Waffe aus der Hand, als ich den systematisch angelegten Leichenberg sah. Dann erblickte ich einen Eingang zwischen den toten Leibern und machte einen Schritt rückwärts, bis ich kaltes Metall zwischen meinen Schulterblättern spürte. Fauler Atem traf mich von hinten, und eine Stimme flüsterte: „Keine Bewegung, mein Freund."

Meine Gedanken rasten. Ich kam zu dem Entschluss, etwas tun zu müssen. Was hatte ich denn schon zu verlieren? Blitzschnell drehte ich mich um die Achse, schnappte nach dem Metall und riss es an mich.

Verdutzt stellte ich fest, dass es sich dabei um ein Stuhlbein handelte. Dann schaute ich zu der Person, die mich bedroht hatte und empfand Mitleid. Wir starrten uns mehrere Minuten stumm an, bis ich sagte: „Soll ich dich erlösen?"

Der Fremde nickte stumm, beugte seinen Kopf nach vorne und ich schlug mit dem Stuhlbein zu.

Mit einem dumpfen Plopp schlug der Kopf des armen Mannes auf dem Boden auf und kullerte unter die Stühle.

Plötzlich applaudierte jemand und ich drehte mich wieder um, diesmal die Pistole im Anschlag.

Am Eingang der Höhle, die in den Leichenberg führte, stand ein Mann in einem Priestergewand und klatschte:

„Der Herr dankt dir für die Erlösung, Bruder."

„Wer bist du?", fragte ich.

Er antwortete: „Ich bin der, der vom Herrn geschickt wurde, um die Apokalypse einzuläuten."

Dabei wippte seine Hand ein wenig und eine helle Glocke erklang.

„Bis du alleine, Bruder?", rief ich ihm zu, da ich mich nicht traute, näher zu kommen.

„Es sieht vielleicht so aus, aber es ist nicht so. Siehst du nicht all die guten Seelen, die hier im Raum herumfliegen, Bruder?", erwiderte er und zeigte dabei mit der anderen Hand in den Raum.

Was ich sah, waren Göttersymbole und Drogen. Bunte Tabletten, Spritzen und Beutel, mit weißem Pulver gefüllt, übersäten den Boden.

„Oh, ich erkenne, du bist kein Gläubiger! Hat dich der Teufel höchstpersönlich geschickt?", rief er zornig und hielt plötzlich ein Maschinengewehr in der Hand.

Mit einem Hechtsprung fand ich Deckung hinter dem Stuhlberg, der die abgefeuerte Salve verschluckte.

„Komm doch raus, du Antichrist, ich zeige dir den Weg!", brüllte der selbst ernannte Priester und feuerte eine weitere Salve ab. Dann machte es nur noch klick, klick! Ich sprang aus meinem Versteck und feuerte einen Schuss in seine Richtung ab.

Aber ich war zu langsam! Der Typ kroch in den Eingang des Leichenberges - und erst jetzt sah ich, dass er wie ein Iglu angelegt war. Ich überlegte, was ich tun konnte, bevor er mit einem vollen Magazin heraus stürmen würde. Dann hatte ich eine Idee und rannte zur Bühne des Theaters, sprang nach oben und stand vor der Requisite.

Zufrieden schaute ich zum Balkon hinauf und grinste, als ich an das Stück dachte. Romeo und Julia! Die Fassade mit dem Balkon setzte sich einfacher in Bewegung, als ich dachte. Dann fiel sie krachend auf den Leichenberg, der geräuschlos in sich zusammensackte.

Ein Quieken, als der Priester zerquetscht wurde, war das einzige Geräusch, das zu hören war.

Zufrieden ging ich zurück auf den Flur und schaute mich um. Alle Wände waren mit Symbolen übersät, die mit Blut gezeichnet wurden.

Ich dachte an den 13. Stock und betrat die Krankenstation. Ein wildes Durcheinander erwartete mich, was mich wenig überraschte.

Ich fand einen Verbandskasten und versorgte meine Wunde. Plötzlich hörte ich ein Geräusch und ging sofort in Angriffsstellung. Ein Schatten huschte über den Gang und trat dabei einen Mülleimer um, der scheppernd zu Boden fiel.

Vorsichtig verließ ich die Krankenstation und blickte mich um. Wieder dachte ich an Deck 13. Ein weiterer Schatten huschte rechts von mir in eine offene Tür. Ich folgte dem Schatten langsam mit angespannten Muskeln, zu allem bereit!

Die geöffnete Tür hatte ein Bullauge und ich konnte es als Spiegel nutzen. Das wenige Sonnenlicht reichte aus, um eine Person hinter der Tür zu erkennen. Sie war mit einer Eisenstange bewaffnet und zum Zuschlagen bereit. Ich bückte mich, hob ein Plastikteil auf und warf es in den Raum. Blitzartig schlug die Eisenstange nach unten und knallte auf den Boden. Mit einem Schritt betrat ich den Raum und stellte den Fuß auf die Stange. Dabei schaute ich in die hässlich entstellte Fratze einer jungen Frau.

Ich fackelte nicht lange und feuerte ihr genau zwischen die Augen. Langsam, wie in Zeitlupe, fiel sie zu Boden, immer noch mit der Hand an der Stange. Dann erst sah ich, dass sie völlig nackt war. Auf ihrem Rücken stand die Zahl 13. Bei genauerem Hinsehen erkannte ich, dass die Zahlen mit einem Eisen in ihre Haut eingebrannt waren. Angeekelt wand ich mich ab und lief zum Treppenhaus - meinem neuen Ziel entgegen!

Im untersten Stockwerk angekommen, lief ich an stehenden Maschinen vorbei, immer dem Schild „Vorratsraum" folgend. Als ich vor der großen doppelflügeligen Tür ankam, atmete ich tief durch und öffnete sie. Das Wort „Chaos" war untertrieben, und ich ließ entmutigt die Schultern hängen.

Was hatte ich erwartet, nachdem Hektor die Partys veranstaltete? Doch plötzlich sah ich eine Tür, die noch geschlossen war und steuerte darauf zu. Sie war verschlossen und zusätzlich mit einem Vorhängeschloss gesichert. Ratlos starrte ich auf die Tür und zählte die Vertiefungen, die eindeutig von einer Waffe waren. Jemand musste wie verrückt auf die Tür geschossen haben! Doch warum?

Plötzlich fiel mir ein, dass ich vorhin an einer Werkstatt vorbei gegangen war. Grinsend lief ich zurück, schnappte mir den Trennschleifer und ein Verlängerungskabel.

‚Und wenn der Strom nicht geht?', dachte ich. Doch dann kamen mir die vielen Solar-Paneelen wieder in den Sinn, und ich schloss die Flex an. Sie funktionierte! Nach dreißig Minuten harter Arbeit hatte ich ein Loch in die Tür geschnitten. Vorsichtig steckte ich den Kopf durch die Öffnung und fröstelte. ‚Ein Kühlraum, und er funktioniert noch', dachte ich. Dann sah ich die gefrorenen Leichen neben der Tür und zog meinen Kopf schnell wieder zurück.

„Jetzt verstehe ich das Ganze. Die haben die Tür von innen verriegelt und die anderen versuchten, reinzukommen. Dann haben sie die Tür auch von außen verriegelt und die anderen sind dabei draufgegangen", sagte ich laut vor mich hin.

Dann bückte ich mich wieder, schaute ins Innere, entfernte den Riegel und zog mich zurück. Danach flexte ich das Vorhängeschloss auf und öffnete die Tür. Was ich sah, sollte mich eigentlich vor Freude jubeln lassen, doch es kam keine Freude auf. Ich hatte Vorräte für mehr als ein Jahr, doch was sollte ich damit?

Ich stellte eine Kiste vor die Öffnung und ging wieder zum Treppenhaus. Ich musste wissen, wo sich das Schiff befand. Vielleicht war ja auf der Brücke noch jemand am Leben.

Schnaufend von der Anstrengung stand ich an der Eingangstür zur Brücke.

Ich atmete dreimal tief durch und öffnete vorsichtig die Tür.

Nichts geschah - und ich trat ein. Auf dem Kapitänssitz hockte Hektor und starrte aus toten Augen auf die See. Seine weiße Uniform war mit Blutspritzern übersät. Als ich näher kam, sah ich, dass ihm die Augen ausgefallen waren. Sie lagen auf dem Boden vor seinen Füßen.

Angewidert widmete ich mich den Instrumenten und versuchte sie zu deuten, als plötzlich ein Stöhnen erklang. Sofort ging ich hinter Hektors Stuhl in Deckung und lauschte: „He, ich tu dir nichts. Bitte hilf mir, ich habe solche Schmerzen", erklang die Stimme, die immer leiser wurde.

Langsam kam ich aus der Deckung, umrundete die Steuerung und sah einen der Offiziere gekrümmt am Boden liegen. Vorsichtig beugte ich mich über ihn und flüsterte: „Wo sind wir?"

„Wir sind nördlich von Georgetown, genau zwischen Afrika und Südamerika. Zuerst fuhren wir im Kreis, doch irgendwann war das Gas alle, und mit der Solaranlage kann man nicht fahren", stammelte der arme, völlig entstellte Mann.

„Was ist mit dem Rest der Welt?", fragte ich.

Er antwortete mit letzter Kraft: „Das Letzte, was wir hörten, war, dass die ganze Welt von dem Virus befallen sei, und dass es noch kein Gegenmittel gibt."

„Scheiße", antwortete ich und erhob mich wieder.

Der Offizier schaute mich flehentlich an, und ich erlöste ihn mit einem gezielten Schuss.

Ich zog mich in die Kapitänskajüte neben der Brücke zurück.

Nachdem ich sie gereinigt hatte, sah ich mir die Vorräte an und entschied mich, erst einmal hier zu bleiben.

Nach vier Wochen begann ich das Schiff genau zu erkunden und durchsuchte jeden Winkel.

Irgendwann hatte ich die Gewissheit, dass ich definitiv der letzte Lebende an Bord war!

Dann begann ich mich mit den Drogen auseinander zu setzen.

Doch die Tagträume von einem intakten Schiff zogen mich nur noch mehr nach unten. Ich beschloss, es bleiben zu lassen.

Immer wieder überfielen mich tiefe Depressionen. Es dauerte immer länger, aus dem Sumpf zurückzukehren.

—   —   —

Ja, und nun sitze ich hier und schreibe mein Leben auf ein Stück Papier und warte, bis die Zeit vergeht.

Ich lege den Stift zur Seite und überlege. Dann lese ich meine Aufzeichnungen mehrmals durch, korrigiere einige Textpassagen, bis ich befriedigt nicke. Dann packe ich das Papier in eine wasserdichte Hülle und drapiere sie auf dem Tisch.

Zufrieden lehne ich mich zurück, flüstere: „Deja Vu", stecke mir die Pistole in den Mund und drücke ab.

ENDE

DARK TOURISM

Udo öffnete die Tür und hieß seine Freunde Jürgen und Ines willkommen. Ein gemütlicher Abend stand an, mit selbstgemachter Pizza und natürlich der Besprechung zur Urlaubsvorbereitung. Ines ging in die Küche zu Sandra, um ihr bei der Zubereitung zu helfen, während Udo und Jürgen sich mit einem Bier bewaffnet auf die Couch zurückzogen.

„Willst du wirklich auf diese blöde Insel mitgehen?", fragte Sandra.

Ines antwortete: „Ich hab's ihm versprochen. Und ehrlich, es ist doch schon gruselig, oder?"

„Ich habe Udo immer gesagt, dass ich sein Hobby toleriere, aber niemals akzeptieren werde", fuhr Sandra fort.

„Du bleibst also dabei und gehst nicht mit?", erwiderte Ines etwas enttäuscht.

„Ich kann dem ganzen blödsinnigen Gruselzeug nichts abgewinnen. Ich liege lieber an einem Strand und lass mich verwöhnen, als in einem Schlafsack auf irgendeinem Friedhof zu übernachten."

„Jetzt übertreibst du aber, Sandra. Es handelt sich doch nur um eine Insel, auf der früher Kohlebergbau betrieben wurde. Sie war der weltweit am dicht besiedelste Ort, mehr auch nicht."

„Du hast vergessen zu erwähnen, dass dort mehr als 1.300 Zwangsarbeiter ihr Leben verloren haben, dass den Kumpels weniger als zehn Quadratmeter Lebensraum zur Verfügung standen, und dass es dort spukt", antwortete Sandra.

Ines erwiderte: „Oh, hat die Lady doch Schiss vor Geistern?"

Sandra grinste, zog Ines' Kopf an ihren Mund und flüsterte ihr ins Ohr: „Ich übertreibe. Warte mal ab, wenn die Jungs ihre erlebten Storys zum Besten geben - und das werden sie! Spätestens, wenn die zwei Alten dazukommen.

Viel Spaß dabei, Ines!"

Der Abend verlief harmonisch, da sich Udo nicht anmerken ließ, dass seine Gattin ihn nicht begleiten würde. Er hatte gehofft, Ines könnte sie umstimmen. Doch der Zug schien abgefahren zu sein. Dann überwiegte jedoch die Freude auf das anstehende Abenteuer, und er akzeptierte es einfach. ‚Ich werde mit Sandra eine Strandtour machen, wenn ich zurück bin', dachte er, und schlief schneller ein, als gedacht.

Zwei Wochen später standen Ines, Jürgen und er um 5 Uhr Ortszeit am Nagasaki-Airport und warteten auf John und Adelheid, ihren Reisebegleitern.

Sie kannten sich bisher nur über das Internet, pflegten aber dieselbe Leidenschaft, nämlich den Dark Tourism, dem Reisen an unheimliche Orte auf der ganzen Welt. Sie schnappten sich ihre großen schweren Rucksäcke und brachen zur Autovermietung auf. Das gebuchte Auto zu übernehmen war nicht so einfach, da keiner der Gruppe japanisch sprach. Irgendwann klappte es dann doch und sie erhielten den Schlüssel. Der hinzugezogene Vermittler fragte nochmals in gebrochenem Englisch, warum sie keine Rückfahrt gebucht hatten. Udo, der am besten Englisch sprach, erklärte ihm zum wiederholten Male, dass sie noch nicht wüssten, wann sie zurückkommen würden. Erst als er erwähnte, dass sie auch noch keinen Rückflug gebucht hatten, verstand er und überreichte ihnen den Wagenschlüssel.

Die Fahrt nach Takashima war leichter als gedacht. Sie hatten über Couchsurfing einen Anbau mit drei Schlafzimmern gebucht. Udo gab das Auto bei der Mietzentrale ab und schlenderte am Hafen entlang zu den anderen zurück. Durch die anstrengende Reise waren alle müde, und so gingen sie früh zu Bett.

Udo konnte nicht einschlafen und überlegte ständig, wie er John und Adelheid beeindrucken konnte.

Sie waren fast doppelt so alt wie er und hatten bestimmt schon mehr erlebt.

‚Na ja, dann werde ich mich wohl beeindrucken lassen müssen', dachte er schmunzelnd und schlief dann doch ein.

Am nächsten Morgen gingen sie nach einem leichten Frühstück gemeinsam zum Hafen und suchten Pier 17.

‚17, die Unglückszahl der Italiener', dachte Udo und musste lächeln.

Als er das Boot an Pier 17 sah, verflog das Lächeln schlagartig.

„Mit dem Kutter sollen wir überfahren?", rief Ines nervös.

Ein auf der Reling liegender Mann erhob sich und schaute die fünf Personen an, die vor seinem Boot standen. Boot wäre zu viel gesagt, eher ein Fischkutter, der seine besten Jahre schon mehrfach überschritten hatte.

Er sprach nur japanisch, was natürlich keiner verstand. Udo übernahm die Kommunikation mit einem ausgedruckten Bild ihres Zieles, der Insel Hashima. Als der Mann das Bild der Kriegsschiffinsel sah, bekreuzigte er sich mehrmals.

Udo lief ein leichter Schauer über den Rücken. Das Gefühl, das er so sehr liebte! Er musste mehrfach verhandeln.

Mit Händen und Füßen klappte es irgendwann, und sie gingen an Bord.

Geld wechselte den Besitzer, und Jürgen sah Udo mit gerunzelter Stirn an.

„Er wollte das Geld für die Hin- und Rückfahrt haben. Sonst wäre er nicht gefahren", erklärte Udo.

Jürgen nickte.

Als sie den Hafen verließen, schickte Udo eine WhatsApp an Sandra. Die letzte! Denn ab sofort würden sie keinen Empfang mehr haben.

Ines und Adelheid waren heilfroh, als sie ihrem Ziel endlich näher kamen.

„Sieht wirklich von weitem wie ein altes Kriegsschiff aus", sagte Jürgen. Doch keiner hörte ihm zu. Die Frauen hatten jedes Zeitgefühl verloren. Nicht nur ihnen ging es eher schlecht als recht. Ihre Mägen begannen langsam zu rebellieren. Nach einer weiteren Stunde, und einem ungeplanten Füttern der Fische, legten sie an einem abenteuerlichen Steg bei der Insel an. Eigentlich handelte es sich um eine steile rostige Eisentreppe, die in die Höhe ragte. Die Insel umgab eine zehn Meter hohe Schutzwand an ihrer 1,2 Kilometer langen Küste, die ihr den Spitznamen „Kriegsschiff" einbrachte.

Nachdem sich Udo sicher war, dass der Bootsbesitzer verstanden hatte, sie in drei Tagen genau hier wieder abzuholen, ließ er den total verängstigten Mann gehen. ‚Sein Abgang ähnelt eher einer Flucht‘, dachte Jürgen nachdenklich.

Langsam, einer nach dem anderen, bestiegen sie die Treppe, die unter dem Gewicht ächzte und stöhnte, aber sie hielt! Udo, der als Letzter oben ankam, atmete erleichtert auf. Bis Sonnenuntergang hatten sie noch etwas mehr als drei Stunden. Genug Zeit, um die Gebäude auf der Insel zu erkunden und sich ein geeignetes Nachtquartier zu suchen.

Sie befanden sich im nördlichen Teil der Insel, der am wenigsten verbaut war, wenn man überhaupt von „wenig verbaut" reden konnte. Die alten verfallenen Gebäude wirkten selbst im Sonnenlicht unheimlich. Sie blieben zusammen und durchstreiften die Gebäude in Richtung Süden, zum höchsten Gebäude der Insel.

Irgendwie konnte niemand glauben, dass hier einmal 5.300 Menschen gleichzeitig auf diesem Flecken Erde arbeiteten und wohnten.

Ines stand in einem Vorhof und starrte auf das neunstöckige Haus vor ihr. Die leeren Fensteröffnungen starrten sie wie tote Augen an.

Plötzlich erblickte sie im obersten Stockwerk auf einem zerfallenen Balkon einen Stofftierhasen. Eine Gänsehaut überlief sie, und sie dachte mit Schaudern an die bevorstehende Nacht.

„Jetzt kann ich Sandra verstehen", flüsterte sie, und schloss zu den anderen auf, die dabei waren, das Gebäudeinnere zu erkunden. Sie drehte sich noch einmal um und starrte auf die offene See hinaus. Die Abenddämmerung setzte ein, und sie lief schneller.

John wollte unbedingt im obersten Stock das Lager aufschlagen. Doch er wurde überstimmt. Also blieben sie am Boden, in einem recht kleinen, gestützten und am wenigsten verfallenen Nebengebäude.

„Das müsste ein Materiallager gewesen sein", sagte Udo und zeigte dabei auf einen Berg mit Regalen in einer Ecke. Ansonsten war der Raum leer und alle Betonteile recht gut erhalten.

Sie packten ihre Schlafsäcke aus. Jürgen begann damit, die Miniküche aufzubauen, die er dabei hatte. Adelheid und John staunten nicht schlecht, denn so ein praktisches Equipment hatten sie noch nicht gesehen. Wie besprochen, öffneten sie drei Dosen Erbseneintopf, und Jürgen erwärmte das Abendmahl.

Als Ines zuletzt mit dem Essen fertig war, ging sie mit Adelheid nach draußen, um noch einmal frische Luft zu schnappen.

„Gefällt dir das wirklich, was du hier tust?" fragte Ines.

Adelheid erwiderte: „Ich war es, die John dazu überredete. Beantwortet das deine Frage?"

Ines nickte nur und starrte auf die verfallenen Gebäude in der Umgebung.

Mittlerweile war es stockdunkel und sie wünschte sich sehnlichst, bei Sandra zu Hause zu sein. Sie seufzte und lief mit Adelheid zurück zu den anderen. Die Jungs hatten Campinglampen aufgestellt und sich um sie herum gruppiert. Ines setzte sich neben Jürgen, der sie instinktiv in den Arm nahm und streichelte.

Udo sagte: „Ich glaube, dass ihr mehr erlebt habt als wir, darum fang ich mal an: Nachdem Jürgen und ich auf mehreren Friedhöfen übernachteten, ohne dass etwas passierte, wollten wir mehr.

Wir entschieden, uns nach Tschechien in die St. Georg- Kirche zu wagen. Es war dort wirklich sehr grauenerregend, die in Laken eingehüllten Gestalten zu sehen, die auf den Kirchenbänken saßen, in der verfallenen Kirche. Leider durften wir nicht übernachten.

Es war aber als Einsteigeort nicht schlecht.

Danach zog es uns nach Rumänien, in das Land des Pfählers, Vlad der Dritte. Wir übernachteten in Bran, Draculas' Schloss. Natürlich ohne Genehmigung und unbemerkt in einem Vorhof. Ihr könnt euch nicht vorstellen, was dort nachts los ist! Als es dunkel wurde, kamen von überall her Fledermäuse angeflogen. Wir mussten uns in die Schlafsäcke zurückziehen, als sie über uns hinweg flogen. Einige setzten sich sogar auf meinen Schlafsack - und ich schwöre, ich hörte dabei Stimmen!

Als ob die Fledermäuse miteinander reden würden."

Jürgen zwickte Ines leicht in den Nacken, die erschrocken einen spitzen Schrei ausstieß. Durch die baulichen Gegebenheiten erklang ein dreifaches Echo des Schreies, was Ines zusätzlich in Angst und Schrecken versetzte.

„Dein erster Dark Tourism?", fragte Adelheid schmunzelnd.

Ines rammte ihren Ellenbogen in Jürgens Magen und fauchte: „ Mach das nie mehr, verstanden?"

Jürgen, sichtlich überrascht, nickte nur.

Udo erzählte lächelnd weiter: „Als die Viecher über uns hinweg waren, trauten wir uns aus den Schlafsäcken und schauten ihnen nach. Sie flogen in einer Formation, die aussah wie eine riesige Fledermaus mit einem wehenden Umhang.

Und dann, um Mitternacht, kamen die Stimmen, das Stöhnen und Jammern. Ich bekomme immer noch eine Gänsehaut, wenn ich daran denke."

„Ich bin beeindruckt", erwiderte John.

Jürgen fuhr fort: „Letztes Jahr waren wir dann in einem Dorf in der Südpfalz."

„Herxheim, das Menschenfresserdorf, in dem vor siebentausend Jahren außergewöhnliche rituelle Verspeisungen stattfanden. Welchem Zweck diese Rituale dienten, ist noch völlig unklar.

Die Forscher vermuteten, dass Menschen nach einer festgelegten Prozedur auseinandergenommen wurden. Zuerst wurden Arme und Beine abgetrennt, und beim Zerlegen des Oberkörpers wurden die Rippen direkt an der Wirbelsäule abgeschnitten."

„All das entspricht der Zurichtung von Schlachtvieh", flüsterte John ehrfurchtsvoll.

„Genau, du bist ja perfekt Informiert! In der Nähe der Ausgrabungsstätte übernachteten wir. Natürlich begaben wir uns um Mitternacht auf Exkursion und konnten schemenhafte Gestalten sehen, die um ein Lagerfeuer saßen und Knochen abnagten".

„Eure ersten Geister sozusagen", unterbrach Ines den Redefluss von Udo. Doch niemand lachte.

Adelheid verzog sogar etwas angewidert ihr Gesicht.

Ines nahm sich vor, nichts mehr zu sagen.

Udo nahm den Faden wieder auf: „.Als ich auf einen Ast trat, starrten sie uns überrascht an - und dann war der Spuk auch schon wieder vorbei. Außer Stimmen und dem Geräusch von brechenden Knochen passierte nichts mehr. Ich habe trotzdem drei Tage kein Auge zugemacht."

Ines fröstelte. Sie dachte an Sandra, an einen feinsandigen Strand und an Margaritas.

„Scheiße", flüsterte sie so leise, dass es niemand hören konnte.

„Nächstes Jahr wollen wir nach Shutter-Island", sagte Jürgen.

Udo ergänzte: „Eigentlich heißt die Insel Poveglia.

Aber in Fachkreisen sagt man, dass mit ihr Shutter-Island Realität wurde. Die Pest- und Gelbfieberinsel von Venedig, auf der es auch eine Irrenanstalt gegeben haben soll. Gerade vor kurzem sind dort drei deutsche Touristen angeblich ertrunken. Zumindest ist das die offizielle Version."

Es entstand eine Pause, und Ines atmete einmal tief durch.

„So ihr zwei, dann erzählt doch mal, wo ihr schon überall wart", sagte Udo.

Adelheid begann mit glänzenden Augen zu erzählen:

„Wir waren im Nordwesten Guyanas, in Johnestown",

„Bei den Peoples Temple", unterbrach sie Udo erstaunt.

„Ja, genau dort, wo dieser Verrückte den Massenselbstmord befahl und 909 Menschen ihm folgten, darunter 276 Kinder. Es war unheimlich, vor allem in der Nacht".

„Ihr habt dort übernachtet?", fragte dieses Mal Ines, und alle Nackenhaare stellten sich ihr dabei.

„Ist verboten. Aber wir sind geübt und haben bisher immer einen Weg gefunden, nicht erwischt zu werden."

John übernahm das Gespräch: „Ihr könnt euch nicht vorstellen, was dort nachts los ist. Man kann regelrecht die Stimmen der Toten hören, und um Mitternacht wurde sogar gesungen!"

Er legte eine künstlerische Pause ein und fuhr fort:

„Eine Enttäuschung erlebten wir dann in Marquette in Michigan. Das Holy-Family-Waisenhaus war ein einziger Reinfall."

„Langweilig, und nicht mal so gruselig wie auf einem gewöhnlichen Friedhof, keine Geister von gefolterten Kindern", kicherte Adelheid, und erzählte weiter:

„Die Puppeninsel in Mexico entschädigte alles."

Sie schaute in fragende Gesichter, grinste und sprach weiter: „Dann hole ich mal weiter aus. Isla de las Munecas ist eine Insel in Mexico-Stadt, in einer Moorlandschaft im Naturschutzgebiet. Einstiger Bewohner war der Blumenzüchter und Fischer Julián Santana Barrera.

Angeblich ist 1951 ein Mädchen am Ufer ertrunken, und Santana hat sie gefunden. Er geriet in Panik und fühlte sich vom dem Geist des Mädchens verfolgt, das immer mehr Spielzeug von ihm forderte. Santana sammelte weggeworfene Puppen, um den Geist des Mädchens zu beruhigen. Als das nicht half, begann er sie zu verstümmeln und als Abschreckung für den Geist in die Bäume zu hängen. Fast tausend Puppen, teilweise ohne Augen oder Gliedmaßen, hängte er bis zu seinem Tod in die Bäume. Das Kuriose ist, dass er an derselben Stelle, an der er genau fünfzig Jahre zuvor das tote Mädchen gefunden hatte, starb. Alle im Bilde?", fragte Adelheid und schaute in drei offene Münder.

Sie dachte: ‚Jetzt wird euch gleich das Blut in den Adern gefrieren'. Dann fuhr sie fort: „Wir waren mit acht Leuten unterwegs und haben mit einem Boot die Insel in der Dunkelheit angesteuert. Natürlich illegal, und natürlich an der besagten Stelle.

Mit Taschenlampen betraten wir den Strand - und dann ging es schon los!

Im Schein der Lampen glitzerten einige Teile der entstellten Puppen. Einer unserer Leute begann wie wild zu schreien. Er verlor die Nerven und rannte panisch ins Wasser.

Wir hatten Mühe, ihn zu überreden, wenigstens auf dem Boot zu bleiben, was er dann auch tat. Danach streiften wir am Strand entlang, auf der Suche nach dem Geist des Mädchens, der - wie gesagt - durch die verstümmelten Puppen abgehalten werden sollte, die Insel zu betreten. Und dann geschah das Unvorstellbare: Wir sahen sie wirklich! Sie schwebte über dem Wasser langsam auf die Insel zu, direkt neben unserem Boot. Unser Feigling war eingeschlafen, und wir atmeten erleichtert auf. Ich lief als erster zum Strand, direkt auf sie zu."

„Was, du bist hingelaufen?", schrie Ines und schlug sich die Hände vor den Mund.

Als das Echo des Schreies verklungen war, erzählte Adelheid ungerührt weiter: „Keine zwei Meter vor mir blieb sie in der Luft schwebend stehen. Wir schauten uns mindestens fünf Minuten lang gegenseitig an. Dann kam jemand aus unserer Gruppe auf die Idee, ein Foto zu schießen. Als dann der Blitz die Umgebung erhellte, verschwand die Erscheinung schlagartig.

Aber schaut mal, ich habe das Foto immer bei mir."

John hatte es schon in der Hand und reichte es den anderen. Im Schein der Lampen konnte man wahrhaftig eine nebelartige Gestalt eines Mädchens erkennen.

Ines fiel sofort der traurige Gesichtsausdruck des Mädchens auf, und ihre Nackenhaare stellten sich wieder.

Adelheid steckte das Foto in ihre Tasche.

John erzählte weiter: „Das Mutigste haben wir aber auf den Philippinen gemacht. Nachdem wir die 1.600 Höhenmeter erklommen hatten, standen wir vor einer der berühmtesten Felswände bei Sagada. Wir starrten ehrfurchtsvoll an der steilen Felswand nach oben und zählten mehr als vierzig Särge."

„Die hängenden Särge", sagte Udo ehrfürchtig und fragte: „Sind die wirklich ohne Deckel, damit die Geister kommen und gehen können? Und werden dort immer noch Menschen so begraben?"

„Oh ja, natürlich werden die Einwohner immer noch genauso begraben. In einem Sarg an der Felswand hängend, ohne Deckel. Und um deine Frage vollständig zu beantworten: Ja, sie kamen und gingen."

John legte eine Künstlerpause ein.

Nicht nur Ines kämpfte mit ihren Nerven.

„Wir erklommen mit einem Führer das Plateau und mieteten ein kleines Zimmer in der Nähe der Ruhestätte. Dem Vermieter erzählten wir, dass wir uns die Kalksteinhöhlen und die Wasserfälle anschauen wollten. Ich denke, er hat uns nicht geglaubt, denn er ließ uns mit einem Kopfschütteln alleine.

Kurz vor Mitternacht schlichen wir mit einer leichten Bergsteigerausrüstung aus dem Haus. Als wir die Felswand erreichten, mussten wir uns beeilen, denn bald schon war Mitternacht. Wir erklommen die Felswand, und jeder von uns suchte sich einen Sarg aus und legte sich hinein."

„Nein! Ihr seid ja verrückt!", rief diesmal Udo entsetzt.

John und Adelheid schauten sich belustigt an.

Adelheid erzählte weiter: „Wie vorhin gesagt, waren nicht alle Särge leer, aber unsere mittlerweile schon. Wir wollten niemandem den Platz wegnehmen. Um Mitternacht begann das übersinnliche Spektakel. Ihr könnt euch das nicht vorstellen, und auch wir können es immer noch nicht ganz glauben. Auf einmal kamen aus allen Richtungen neblige Gestalten, die zu den Särgen schwebten. Auch in unsere Särge kamen die wahrscheinlich ursprünglichen Bewohner."

Wohlwollend nahm sie Ines' Aufstöhnen zur Kenntnis, ehe sie weiter erzählte:

„Die Seelen der Verstorbenen registrierten oder ignorierten uns völlig und legten sich einfach in ihre Särge."

„Nein!", rief Ines schockiert.

Adelheid antwortete: „Doch, meine Liebe. Es war ein elektrisierendes Gefühl, als sich der Geist über meinen Körper legte, als ob wir miteinander verschmolzen. Nach einer Stunde schwebten alle wieder nach oben und verschwanden allesamt. Ich kann euch nicht erklären, wie ich mich fühlte. Es war einfach unbeschreiblich!"

Es herrschte Totenstille!

Keiner hatte gemerkt, dass es mittlerweile Mitternacht war. So sehr hingen sie an Adelheids und Johns Lippen, bis plötzlich ein schepperndes Geräusch erklang. Das Geräusch wiederholte sich ständig. Nachdem sich alle wieder gefangen hatten, standen sie mit Taschenlampen bewaffnet auf und liefen mit wackeligen Beinen zum Ausgang. Adelheid war die Erste, die sah, woher der Lärm kam. Sie lief unbefangen, wie ein neugieriges kleines Kind, darauf zu.

Als die anderen sie eingeholt hatten, standen sie um einen zwanzig Zentimeter großen Zirkusstoffaffen herum, der wie wild die beiden Becken an seinen Händen immer wieder zusammenschlug.

Dabei hüpfte er auf und ab, bis John ihn in die Hand nahm. Schlagartig trat Stille ein. Erstaunt stellte John fest, dass die Figur keinen Aufziehknopf, wie er vermutet hatte, besaß. Stattdessen befand sich am Rücken des Spielzeuges ein Batteriefach. Als er es öffnete, befanden sich keine Batterien darin. Verunsichert starrte John in die Augen des Spielzeuges und wusste nicht so recht, was er von der Situation halten sollte. Adelheids Schrei riss ihn aus seinen unguten Gedanken. Er warf das Tier, fester als beabsichtigt, zu Boden. Adelheid befand sich mittlerweile am Eingang des großen Gebäudes und winkte ihnen aufgeregt zu, ihr zu folgen. Wenig später verschwand sie in dem Gebäude, und sie folgten ihr. Im Gebäude brannte ein düsteres Licht und Propagandamusik war zu hören. Vorsichtig liefen sie darauf zu. Als sie um die Ecke bogen, befanden sie sich in einem ehemaligen Kino. Auf der noch intakten Leinwand flimmerte ein Schwarzweißfilm aus den Vierzigern. Mit offenem Mund schauten sie auf die bewegten Bilder und verfolgten die hässliche Szene.

Soldaten zwangen Bergarbeiter brutal, ihre Arbeit zu verrichten. Udo fielen plötzlich die mehr als 1.300 toten Menschen ein, die in Zwangsarbeit auf der Insel gestorben sein sollen.

Langsam setzten sie sich in Bewegung, auf Adelheid zu, die am Ausgang gegenüber stand und wild mit den Armen ruderte.

Ines war die Erste, die sich vom Anblick lösen konnte und mühsam über die alten, fast zerfallenen Kinostühle stieg, um nur ja schnell aus dem Kinosaal zu gelangen. Das Adrenalin in ihrem Körper verringerte ihre Denkfähigkeit, um zu begreifen, was hier gerade Unglaubliches geschah. Als ihr plötzlich in einem lichten Moment klar wurde, wo sie sich befand, strauchelte sie und verlor das Gleichgewicht. Sie fiel schreiend zu Boden - und dann musste alles aus ihr heraus! Sie krümmte sich in Embryohaltung und schrie und weinte gleichzeitig. Udo und Jürgen hoben sie auf. Aber erst, als John ihr mit der flachen Hand auf die Wange schlug, hörte sie auf zu weinen. Schluchzend stürzte Ines sich in Jürgens Arme, der versuchte, sie zu beruhigen.

Plötzlich ging das Licht aus. Udo fingerte seine Taschenlampe aus der Halterung an seinem Gürtel.
John und Jürgen taten es ihm gleich.
Plötzlich rief John aufgeregt: „Adelheid, wo bist du?"
Aber er erhielt keine Antwort.

Jegliche Art von Angst beiseitegeschoben, setzte sich John sofort in Bewegung. Udo, Ines und Jürgen hatten Mühe, ihm zu folgen. Bei der hastigen Verfolgung stieß sich Ines ihren Knöchel an irgendetwas Hartem an. Wieder einigermaßen auf nervlicher Höhe, biss sie ihre Zähne zusammen, um nicht als Feigling da zu stehen. Alleine zurückbleiben wollte sie auf gar keinen Fall!

Als sie John erreicht hatten, starrten sie auf die skurrile Szene. Adelheid saß im Gefängnis, im wahrsten Sinne des Wortes!

„Ich bin nur kurz hier reingegangen, dann fiel die Tür ins Schloss", stammelte sie.

Wohlwollend bemerkte Ines die Panik in Adelheids Stimme und freute sich sogar kurz darüber, bis mit einem lauten Knall der Gefängnisboden nachgab!

Adelheid konnte sich gerade noch an den Gitterstäben festhalten und hing mit ihrem Körper über einem tiefen Loch, durch das der Boden verschwunden war. Alle schauten sich hektisch nach einer Lösung oder wenigstens dem Schlüssel um, als Adelheid stöhnend mit letzter Kraft stammelte: „Ich kann nicht mehr".

Beherzt sprang John zu ihr, fasste durch die Gitterstäbe und griff nach ihren Armen.

Udo sah als Erster die neuen Risse im Boden. Blitzartig zog er Jürgen und Ines zurück, gerade noch rechtzeitig!

Mit großen Augen - und laut schreiend - stürzten John und Adelheid in die Tiefe, begleitet vom dumpfen Geräusch der Körper, die gegen die Wand schlugen. Irgendwann hörte das Schreien auf!

Ines, nicht fähig, sich zu bewegen, sah mit weit aufgerissenen Augen zuerst auf die Gitterstangen, die immer noch fest an der Decke hingen, und anschließend in das Loch darunter, das sich zu ihren Füßen auftat.

„Wir müssen ihnen helfen", stammelte Udo und lief hektisch zurück in den Kinosaal. Er suchte eine Treppe, die nach unten führte - und er fand sie. Langsam, im Schein ihrer Lampen, machten sie sich an den Abstieg. Stufe für Stufe liefen sie nach unten, immer schneller und schneller, bis es nicht mehr tiefer ging. Eine halbe Tür versperrte ihnen den Weg und sie mussten durch die Öffnung hindurch krabbeln. Auf der anderen Seite angekommen, schauten sie sich erst einmal um.

„Das muss die Kaue sein", flüsterte Udo. Dabei zeigte er auf hunderte von Ketten, die von der Decke herabhingen.

„Seht dort!", rief Ines. Sie folgten ihrem Blick.

An der gegenüberliegenden Wand lag ein Geröllberg und auf ihm lagen zwei Menschen!

Ines wollte sich sofort in Bewegung setzen, doch Jürgen hielt sie zurück und blickte empor.

Jetzt schauten alle drei nach oben und sahen, wie die Ketten langsam zu schwingen anfingen.

Das dabei erzeugte Summen wurde immer lauter. Als Udo einen Schritt nach vorne machte, stürzte eine Kette genau vor ihm krachend zu Boden.

„Scheiße, was geht hier nur vor?", raunte er und trat noch einen Schritt nach vorne. Wieder stürzte eine Kette genau vor ihm herab. Dann begann Udo zu rennen, verfolgt von herabfallenden Ketten. Er schaffte es auf die andere Seite, ohne von einer der Ketten direkt getroffen zu werden. Ines und Jürgen konnten Udo erst sehen, nachdem sich der Staub gelegt hatte. Dann bemerkten sie, dass das Summen aufgehört hatte. Ganz langsam gingen sie hintereinander auf Udo zu, immer darauf bedacht, auf den herabgefallenen Ketten zu laufen. Als sie sich genau in der Mitte des Raumes befanden, fielen plötzlich schlagartig alle Ketten zu Boden. Ines drückte Jürgens Hand so fest, dass er auch deshalb schreien musste. Als sich der Staub wieder gelegt hatte, liefen sie mit zitternden Knien zu Udo, der sich über John beugte und seinen Puls fühlte. Er schüttelte den Kopf und beugte sich über Adelheid, die ihn mit großen Augen anstarrte.

Sie hechelte und zitterte am ganzen Leib, als auf einmal ein pfeifendes Geräusch erklang. Das Pfeifen kam näher und näher! Plötzlich packte Adelheid Udo am Arm und stieß ihn unsanft zur Seite.

Gerade, als sich Udo umdrehen wollte, um sich zu beschweren, sauste einer der Gitterstäbe des Gefängnisses an ihm vorbei und bohrte sich direkt in Adelheids Brust.

Udo fiel rückwärts vom Geröllhügel und landete leichenblass vor Ines' Füßen. Jürgen half ihm auf die Beine, und alle drei starrten stumm auf Adelheids und Johns Leichnam. Der spitze Schrei, den Ines ausstieß, riss sie aus ihrer Lethargie. Panisch zeigte Ines immer wieder auf einen Gegenstand, der zwischen den beiden lag - und dann sahen die Jungs es ebenfalls. Das Foto des Geistes aus Mexico, das Adelheid ihnen gezeigt hatte. Unglaublicherweise lächelte das Mädchen diesmal auf dem Foto. Es lächelte böse, und seine Augen fixierten sie.

Ines trat automatisch, am ganzen Körper zitternd, einen Schritt zurück, während Udo nach vorne schritt und beherzt einen Felsbrocken auf das Foto warf. Schlagartig fiel der Bann von ihnen ab und sie gingen noch einen Schritt rückwärts. Dann begann das Pfeifen wieder! Fluchtartig sprangen sie über die Ketten zurück.

Ines' Fuß schmerzte fürchterlich, doch es war ihr egal. Sie wollte nur noch eines: überleben!

Sie hörten die Einschläge der Gitterstäbe hinter sich. Doch es war ihnen egal, denn vor ihnen tat sich das nächste Hindernis auf: Das Treppenhaus, durch das sie gekommen waren, war eingestürzt. Der Weg nach oben war versperrt! Mit hasserfüllten Augen schaute Ines die Jungs an, die betreten zu Boden starrten.

Sie schnappte sich unter lauten Flüchen Jürgens Taschenlampe und machte sich humpelnd auf die Suche nach einem anderen Weg. Jürgen und Udo folgten ihr wortlos. Sie fanden einen Gang, der gefühlt unendlich war, und anscheinend weiter nach unten führte. Sie erreichten einen größeren Saal. Ines hielt an, bückte sich, um ihren Knöchel zu befühlen, der mittlerweile dick geschwollen war.

Die Bewegung rettete ihr das Leben, als der Türsturz nach unten krachte und auf halbem Weg sich genau über ihrem Rücken verkeilte. Geistesgegenwärtig hechtete Jürgen zu Ines und zog sie aus dem Gefahrenbereich.

Ehe Udo etwas unternehmen konnte, brach der Türsturz auseinander, und Tonnen von Geröll trennte die Freunde voneinander!

„Scheiße", war das Einzige, was Jürgen sagen konnte.

Ines zog ihn weiter, bis sie vor einem Aufzug anhielten.

„Ein Bergmannsaufzug", sagte Jürgen und schaute sich die Konstruktion genauer an. Die offene Kabine schwebte einen halben Meter über dem eigentlichen Austritt. Er konnte in das schwarze Loch darunter schauen.

‚Wie tief es wohl runtergeht?', dachte er, und setzte seine Inspektion fort. Ines blickte in die Kabine und sah dort den Spielaffen wieder. Doch dieses Mal blieb er stumm. Mit einem hämischen Grinsen starrte er sie an, und wieder lief ein Schauer über ihren Rücken.

„Steig ein, Ines! Ich glaube, ich habe den Fehler gefunden", hörte sie Jürgen sagen. Sie überwand den halben Höhenmeter, um in den Aufzug zu gelangen. Dabei sah sie, wie Jürgen seinen Kopf in den Schacht steckte und zu fluchen begann.

Sie drängte sich in die freie Ecke der Aufzugplattform und hätte schwören können, dass das Spielzeug sich in ihre Richtung gedreht hatte. In ihre Gedanken vertieft, geschah plötzlich alles auf einmal!

Der Affe begann zu spielen - und der Aufzug setzte sich ruckartig in Bewegung – nach unten!

Udo stand vor der Geröllwand und rief nach seinen Freunden. „Keine Antwort", fluchte er und machte sich auf den Rückweg. Auch diesmal wollte der Stollen nicht enden, als er auf einmal Stimmen hörte, japanische Stimmen!

‚Jetzt holen sie uns heraus, und wir sind bei der versteckten Kamera', schoss es ihm durch den Kopf.

Doch er wurde enttäuscht!

Hinter ihm kamen aus einem Seitenstollen, den sie vorher übersehen hatten, geisterhafte Gestalten. Udo drückte sich an die Wand und benötige einige Zeit, bis er sich wieder traute, regelmäßig zu atmen. Wieder fielen ihm die vielen gestorbenen Zwangsarbeiter ein. Als er genauer hinsah, wurde die Annahme durch die zerlumpten Kleider und abgemagerten Männer mehr als bestätigt. Sie liefen an ihm vorbei, ohne ihn wahrzunehmen.

Nachdem er sich wieder gefangen hatte, folgte er dem Trupp von mindestens zwanzig Personen, unter denen sich auch vereinzelt Kinder befanden. Sie erreichten schon bald ein unversehrtes Treppenhaus. Erleichtert stieg er nach oben, als auf einmal ein Schrei erschallte.

Udo registrierte, dass der Schrei hinter ihm erklang. Er drehte sich panisch um. Hinter ihm stand ein japanischer Soldat oder ein Wachmann, mit einer Peitsche in der Hand, der mit der anderen Hand eindeutig auf ihn zeigte.

Der Soldat starrte ihn hasserfüllt an und brüllte etwas, was Udo natürlich nicht verstand. Aber er erkannte die Absicht auch so, als die Peitsche geschwungen wurde.

Er verlor die Nerven und rannte die Treppe nach oben. Dabei durchquerte er die Hälfte der Geister, die ihn immer noch komplett ignorierten. Er konnte förmlich spüren, wie der Wachmann ihn verfolgte. Als er die oberste Treppenstufe erreicht hatte, stieß er die Tür auf, durch die einige der Bergarbeiter einfach hindurch gegangen waren. Udo schaute sich nach einem Versteck um - vergebens! Der Raum war leer. Wo einstmals Fenster waren, befanden sich Löcher in der Wand.

Udo konnte den Nachthimmel sehen, und er registrierte, dass er sich im neunten Stockwerk des Hochhauses befand!

‚Kein Ausweg, verdammt', dachte er, als ein eiskalter Windstoß durch die Ruine zog und die Tür, durch die er gerade reingekommen war, krachend aufflog.

Der Wachmann betrat mit einem unglaublich aggressiven Gesichtsausdruck den Raum und holte mit der Peitsche gnadenlos aus. Udo schloss die Augen und ergab sich seinem Schicksal!

Ines begann zu schreien, während sie die Hände auf ihre Ohren presste. Ruckartig blieb der Aufzug nach einem Meter stehen. Ines starrte auf den Affen, der wie wahnsinnig die Becken zusammenschlug. Dann tropfte etwas von oben auf sie herab. Ines Gehirn rief das letzte Bild, bevor der Aufzug sich in Bewegung setzte, in ihren Kopf. Ruckartig blickte sie nach oben. Was sie sah, trieb sie noch weiter Richtung Wahnsinn!

Jürgens Arme hingen von seinem kopflosen Körper herab und aus dem Halsstumpf rann das Blut in Strömen. Als sich Jürgens Körper dann langsam mechanisch erhob und wankend in Richtung Aufzug lief, gab es für Ines kein Halten mehr. Sie begann hysterisch zu schreien! Immer wieder und wieder. Dann fiel Jürgens Körper in den Aufzug - und der Affe hörte schlagartig mit der Musik auf!

Ines starrte mit wirrem Blick zu dem Kinderspielzeug und begann lauthals zu lachen.

Dann setzte sich der Aufzug in Bewegung. Ines Lachen erscholl, bis die Kabine in knapp tausend Metern Tiefe auf der Sohle brutal aufschlug!

Udo wartete auf sein Ende. Doch nichts geschah!

Langsam öffnete er die Augen und sah, wie der Wachmann einen der Männer mit der Peitsche so lange bearbeitete, bis er bewegungslos auf dem Boden lag.

Der Wachmann rollte zufrieden seine Peitsche zusammen.

Was dann geschah, verblüffte auch Udo!

Alle Anwesenden stürzten sich auf den Wachmann und schlugen auf ihn ein. Erst, als der Mann kein Lebenszeichen mehr von sich gab, wichen sie zurück.

Dann geschah das Unglaubliche, und Udos Haare standen zu Berge! Alle drehten sich zu ihm um und glotzten ihn mit ihren toten Augen an. Udo wich instinktiv zurück, als sich alle in seine Richtung bewegten. Er traute seinen Augen nicht, doch diesmal war die Geste eindeutig: Sie würden ihn derselben Behandlung wie dem Wachmann unterziehen!

Auf einmal spürte Udo einen heftigen Luftzug! Er drehte sich um und starrte in die Tiefe. Er konnte den Boden in circa zwanzig Metern Tiefe schemenhaft erkennen. Blitzartig drehte er sich wieder um. Ein etwa zehnjähriger Junge stand direkt vor ihm. Er hatte einen Stock in der Hand und holte aus. Der Schlag traf Udo direkt in den Magen.

Er dachte: ‚Wie kann das sein? Es sind doch Gespenster!'

Dann verlor er das Gleichgewicht und fiel.

-   -   -

Sandra zweifelte langsam an ihren Fähigkeiten!

Seit drei Tagen versuchte sie, Kontakt mit dem Deutschen Konsulat in Japan aufzunehmen. Ständig wurde sie mit anderen Personen verbunden, und sie musste ihre Geschichte immer wiederholen.

Endlich bekam sie einen kompetenten Ansprechpartner in Nagasaki ans Telefon. Er sprach sogar passabel Deutsch und hörte sich alles in Ruhe an. Dabei notierte er sich einige Stichpunkte.

Als Sandra mit ihren Auslegungen fertig war, ergriff er das Wort: „Also ich fasse mal zusammen, was Ihr Anliegen ist! Ihr Freund und zwei Pärchen, sogenannte Dark Tourism, wollten auf die Insel Hashima, um ein Abenteuer zu erleben. Das war vor sechs Tagen. Bis jetzt haben sie sich noch nicht zurückgemeldet. Ist das richtig?"

„Ja, genau", antwortete Sandra.

Erleichtert, endlich jemanden gefunden zu haben, der die Geschichte ernst nahm.

„Was ich Ihnen jetzt sage, wird Sie leider nicht beruhigen! Die besagte Insel wurde, seitdem sich zu viele Touristen für sie interessierten, vor zwei Jahren komplett abgeriegelt und untersteht seither unserem Militär.

Sie wird rund um die Uhr scharf überwacht. Wenn sich ihr ein Schiff nähern würde, wüssten wir das sofort."

Eine Pause entstand!

Er fragte: „Hallo, sind Sie noch dran?

Hallo?"….

ENDE

NACHWORT

Stammleser wissen, dass ich am Ende eines Buches gerne den Anstoß zur Geschichte kund tue. Diesmal war es ein Vergleich einer Facebook-Bekanntschaft.

Es ging um die Abschaffung des Bargeldes und er schrieb, sinngemäß gekürzt: „Wenn ich nur noch mit Kreditkarte bezahlen kann und es kein Bargeld mehr gibt, dann ist das so, als wenn ein Hochhaus nur einen Aufzug besitzt und kein Treppenhaus mehr."

Unglaublicherweise kam mir dabei der Gedanke, wie man sich im 50. Stock fühlen müsste, wenn der Aufzug länger ausfallen würde!

Das war die erste Geschichte für dieses Büchlein.
Richtig erraten, es handelt sich dabei um die Geschichte: „Über den Wolken".

Und dann kam eines zum anderen, bis ich alle dreizehn Geschichten geschrieben hatte.

Wie immer, sind viele Easter-Eggs in den Geschichten versteckt. Viele der erwähnten Namen und Orte existieren wirklich. Nachschlagen lohnt sich!

Ich hoffe, Sie hatten die eine oder andere Gänsehaut, wie ich beim Schreiben. Aber ich kann Ihnen versichern, dass ich keinen Schaden genommen habe.

Auch sonst geht es mir gut, denke ich - sofern ich nicht in einem Traum gefangen bin!

Es grüßt, wie immer,
der freundliche Herr Huber!

IN EIGENER SACHE

Informationen zum Autor

Karlheinz Huber, Jahrgang 1961, lebt in Ludwigshafen am Rhein.

Als leidenschaftlicher Erzähler bekannt, begann er mit Geburt seines Enkels die Geschichten niederzuschreiben und verfasste sein erstes Kinderbuch. Vom Schreibfieber gepackt entstanden weitere Kinderbücher, zwei Satirebücher und eine Science-Fiction-Reihe. Weitere Bücher sind in Arbeit, sowie in Planung

Erinnerungen:
Lach- und Fachgeschichten aus dem Berufsleben eines Isolierers
Die etwas andere Biografie

Satire von <u>Karlheinz Huber</u>
Altersempfehlung > 0 Jahre
Immer wenn im täglichen Arbeitsstress etwas Luft ist, erzähle ich gerne von früher. Kleine Anekdoten aus meinem damaligen Berufsleben als Isolierer. Da mein Berufsleben ziemlich bunt von statten ging (ich bereue keine einzige Sekunde davon!) und mein Alter - sagen wir mal - mittlerweile stattlich ist, habe ich natürlich viel zu erzählen. Meistens sind die Geschichten lustig oder einfach nur unglaublich; jedenfalls wurde anschließend immer viel gelacht oder zumindest ungläubig der Kopf geschüttelt. Das war der Auslöser für dieses Buch. Machen Sie sich auf viele kleine Anekdoten gefasst. Ich verspreche, dass sich vielleicht so mancher meiner Mitstreiter/-innen wiederfindet. Aber keine Angst, es werden keine Namen und auch keine Firmenbezeichnungen genannt. Letztendlich handelt es sich weder um eine Biografie noch um eine Abrechnung, sondern um lustige und unglaubliche Geschichten, bei denen die Menschen im Mittelpunkt stehen sollen. Somit ist dieses LUSTIGE Buch auch für alle Nichtisolierer zum Lesen bestens geeignet.
Denn lachen dürfen wir alle, wir müssen nur wollen!
Taschenbuch/EBook: 300 Seiten - Verlag: BoD - Books on Demand; Auflage: 1
ISBN-10: 3751943943 - ISBN-13: 978-3751943949
Größe und/oder Gewicht: 12,7 x 1,6 x 20,3 cm

Urlaub, oder was?

Satire von Karlheinz Huber
Altersempfehlung > 0 Jahre
Einfach nur zum Schmunzeln.
Ist die Urlaubszeit die beste Zeit des Jahres?
Ist man wirklich erholt nach dem Urlaub?
Ob sie nach diesem Buch jemals wieder in Urlaub gehen wollen?
Vielleicht sollten Sie aber nicht alles so ernst nehmen, was in diesem Urlaubsbuch passiert.
Aber ich verspreche Ihnen, das Alles ist so passiert.
Für Spaß ist jedenfalls gesorgt.
Taschenbuch/EBook: 208 Seiten Verlag: BoD - Books on Demand; Auflage: 1
ISBN-10: 3751921885 - ISBN-13: 978-3751921886
Größe und/oder Gewicht: 12,7 x 1,1 x 20,3 cm

Davids Weg zum Ritter

Leben auf der Burg Teil 1
Kinderbuch von Karlheinz Huber
Altersempfehlung > 5 Jahre
Gibt es Gespenster?
Können Äpfel sprechen?
David, der Sohn des Burgherren, erlebt auf seinen ersten Erkundungstouren auf Burg Mörsch so einige spannende Abenteuer. Gemeinsam mit seinen neuen Freunden überführt er einen nächtlichen Dieb, befreit einen armen Jungen aus der Knechtschaft und fiebert mit beim großen Ritterturnier. Nach dem Turnier weiß David eines mit Sicherheit – er will ein mutiger Ritter werden wie sein Vater.
Taschenbuch: 124 Seiten - Verlag: MEDU VERLAG; Auflage: 1
ISBN-10: 3963520493 - ISBN-13: 978-3963520495
Empfohlenes Alter: 5 - 7 Jahre - Größe und/oder Gewicht: 12,6 x 1,5 x 18,8 cm

Krümelgeschichte

Kinderbuch von <u>Karlheinz Huber</u>
Altersempfehlung > 3 Jahre
Kann ein Krümel etwas Besonderes sein?
Finde es heraus und begleite einen kleinen Krümel, der nicht wusste,
wer er war und wo er herkam. Aber er war fest davon überzeugt,
dass er ein ganz „besonderer" Krümel war.
Ob er Recht hat oder nicht, wirst du in diesem Buch erfahren.
Taschenbuch: 50 Seiten - Verlag: Selbstverlag; Auflage: 1
Mehr Infos gibt es hier unter <u>www.huberskarl.de</u> oder
per Mail unter leseecke@huberskarl.de.

Wo ist Mama

Kinderbuch von Karlheinz Huber
Altersempfehlung > 3 Jahre
Dies ist die Geschichte des kleinen Hasen Hoppel.
Der gleich bei seinem ersten Ausflug verloren geht.
Geh doch einfach mit ihm auf die Suche nach seiner Mama.
Auf seinem Weg wirst du viele Tiere kennen lernen und erfahren,
ob es Hoppel schafft, seine Mama wieder zu finden.
Taschenbuch: 50 Seiten - Verlag: Selbstverlag; Auflage: 1
Mehr Infos gibt es hier unter www.huberskarl.de oder
per Mail unter leseecke@huberskarl.de.

Die Prinzessin und der Drache

Kinderbuch von Karlheinz Huber
Altersempfehlung > 3 Jahre
Dies ist die Geschichte von der Prinzessin und dem Drachen.
Das Leben als Prinzessin ist oft sehr langweilig.
Viel lieber würde die traurige Prinzessin mit anderen Kindern spielen, aber sie darf nicht.
Dann eines Tages entdeckt sie einen Geheimgang und ihr Leben ändert sich.
Doch ihr größtes Abenteuer hat die Prinzessin noch vor sich.
Taschenbuch: 50 Seiten - Verlag: Selbstverlag; Auflage: 1
Mehr Infos gibt es hier unter www.huberskarl.de oder
per Mail unter leseecke@huberskarl.de.

Die ersten 3

Kinderbuch von <u>Karlheinz Huber</u>
Altersempfehlung > 3 Jahre
Krümelgeschichte
Kann ein Krümel etwas Besonderes sein?
Wo ist Mama
Dies ist die Geschichte des kleinen Hasen Hoppel.
Der gleich bei seinem ersten Ausflug verloren geht.
Die Prinzessin und der Drache
Dann eines Tages entdeckt sie einen Geheimgang und ihr Leben ändert sich.
Doch ihr größtes Abenteuer hat die Prinzessin noch vor sich.
Drei Kindergeschichten in einem Band vereint.
Taschenbuch: 100 Seiten - Verlag: Selbstverlag; Auflage: 1
Mehr Infos gibt es hier unter <u>www.huberskarl.de</u> oder
per Mail unter leseecke@huberskarl.de.

Ein Tag auf dem Bauernhof

Kinderbuch von <u>Karlheinz Huber</u>
Altersempfehlung > 2 Jahre
Erlebe einen aufregenden Tag mit Bauer David
Bilder-Taschenbuch: 72 Seiten   -   Verlag: Selbstverlag;
Auflage: 1
Mehr Infos gibt es hier unter <u>www.huberskarl.de</u> oder
per Mail unter leseecke@huberskarl.de.

Rittergeschichten Teil 1-3
auch Personalisiert erhältlich

Kinderbuch von Karlheinz Huber

Altersempfehlung > 5 Jahre

Erzählt wird die Lebensgeschichte eines kleinen Jungen, der sich zu einem erwachsenen tapferen Ritter entwickelt. Im ersten Teil will der kleine Ritter jeden Winkel der Burg Mörsch erkunden. Im zweiten Teil soll die Umgebung der Burg erforscht werden. Im dritten Teil wird die große weite Welt bereist.

Begleite den kleinen Ritter David bei seinen 30 einzigartigen Abenteuern auf dem Weg zu einem edlen Ritter. Alle Geschichten sind immer in sich abgeschlossen und können auch einzeln gelesen werden. Da die Geschichten aufeinander aufbauen, sind sie natürlich in der richtigen Reihenfolge besser zu verstehen. Die Geschichten verändern sie sich im Laufe der Zeit. Sie werden länger, anspruchsvoller und aufregender. Ich verspreche Ihnen dreißig lustige, überraschende, unblutige, aber garantiert spannende Abenteuer.

Hardcover: 400 Seiten - Verlag: Selbstverlag;

Jeder Teil kann auch Einzeln personalisiert werden. (auf Anfrage)

Mehr Infos gibt es hier unter www.huberskarl.de oder per Mail unter leseecke@huberskarl.de.

Prinzessin Maria und das Nibelungen Geheimnis

auch Personalisiert erhältlich

Kinderbuch von <u>Karlheinz Huber</u>
Altersempfehlung > 6 Jahre
Es wurde ein langer Weg bis zu ihrem größten Abenteuer. Er führte die Prinzessin über einen Geheimgang und eine unerfüllte Liebe zuerst in ein Kloster. Doch dann begann ihre aufregende Reise. Sie lernte viele Städte und Dörfer der Kurpfalz im 17. Jahrhundert kennen und lieben, bis sie dann eines Tages unerwartet dem Drachen zum ersten Mal begegnete. Und jäh wurden die Erzählungen, die Sagen und alle Märchen plötzlich wahr.
Wird die Prinzessin im Nibelungenlied das Geheimnis des Drachens finden?
Begleite die Prinzessin und ihre Freunde auf diesem spannenden Abenteuer. Lass dich begeistern durch Fantasie, gespickt mit wahrem geschichtlichem Hintergrund.
Taschenbuch: 200 Seiten - Verlag: Selbstverlag; Auflage: 1
Mehr Infos gibt es hier unter <u>www.huberskarl.de</u> oder
per Mail unter leseecke@huberskarl.de.

Das Burgfräulein

auch Personalisiert erhältlich

Kinderbuch von <u>Karlheinz Huber</u>
Altersempfehlung > 5 Jahre
Begleite das kleine Mädchen auf ihrem Weg zu einer stolzen, mutigen und liebevollen Frau. Auf ihrem persönlichen Weg muss sie mutig, tapfer, klug und weise sein, denn nur so kann sie ihre vielen Abenteuer bestehen. Aber nicht nur Abenteuer müssen bestanden werden, auch die große Liebe wird ihr durch einen Traum offenbart. Doch wird sich der Traum erfüllen? Wird sich unser Burgfräulein verlieben? In diesem Buch werdet Ihr es erfahren.
Taschenbuch: 200 Seiten - Verlag: Selbstverlag; Auflage: 1
Mehr Infos gibt es hier unter <u>www.huberskarl.de</u> oder
per Mail unter leseecke@huberskarl.de.

Galaxy Rulers Teil 1, 2, 3 + 4

Sciences Fiktion von <u>Karlheinz Huber</u>
Altersempfehlung > 15 Jahre
Was ist ein Tribunal? Wer sind die Galaxy Rulers? Was wollen sie von der Erde? Was sind das für seltsame Wesen? Was wollen sie ausgerechnet von Lars? Warum hilft Jean-Luc Picard den Rulers? Was hat der Doktor der Voyager damit zu tun?
Donnerstag, 12.05.2061: Lars hat es - wieder mal – verbockt! Was soll nur aus ihm werden? Am liebsten würde er in einem Star Trek-Universum leben und durch den Weltraum fliegen, aber davon ist die Menschheit, und vor allem er, noch weit entfernt. Voller Selbstzweifel passiert auf seinem Heimweg das Unfassbare: Er stolpert in das Abenteuer seines Lebens. Wird sein Traum in Erfüllung gehen, oder wird sein Schicksal die Zukunft der Menschheit bestimmen?
Taschenbuch: jeder Teil ca. 200 Seiten -
Verlag: Selbstverlag; Auflage: 1
Mehr Infos gibt es hier unter <u>www.huberskarl.de</u> oder per Mail unter leseecke@huberskarl.de.

Die letzte Seite

Das war eine Geschichte

vom freundlichen Herr Karlheinz Huber

Über ein Feedback, dem Applaus des Autors unter

leseecke@huberskarl.de

würde mich sehr freuen.

Schaut doch mal auf meiner Home Page vorbei.

www.huberskarl.de.

Dort gibt es noch viel mehr Bücher für jedes Alter.